edition suhrkamp 2480

Sommer 1993. Brütende Hitze im Karpatenstädtchen Midni Buky. Misko hockt in der Datscha seiner Eltern, liest Edgar Allan Poe, hört Pink Floyd und ist in Dswinka verliebt. Mit Hippie, seinem besten Freund, bilden sie einen eigenen Kosmos und schotten sich von der Außenwelt ab. Als »Brüder und Schwestern im Underground« ziehen sie den Haß von Fedja und seiner Proltruppe auf sich. Als die Feindseligkeiten in regelrechten Terror ausarten, schmieden die drei einen Mordplan. Fedja muß sterben... Inspiriert von Jim Morrisons Song »The Celebration of the Lizard« und von Pink Floyds »The Wall« erzählt Ljubko Deresch wunderbar leichthändig von der ersten Liebe und mit verstörender Intensität vom Ende einer unbeschwerten Jugend. Wie schon in seinem erfolgreichen Roman *Kult* mixt er Ingredienzien der postsozialistischen, neoukrainischen Realität mit Elementen der westlichen Popkultur und erzeugt spannenden, explosiven Lesestoff. »Wie Ljubko Deresch über die Liebe schreibt, über die Angst, die Rebellion und das Erwachsenwerden, zeigt den jungen Autor als großen Erzähler.« (Brigitte)

Ljubko Deresch, 1984 geboren, studiert Wirtschaftswissenschaften in Lemberg. Sein Roman *Kult* erschien 2005 in der edition suhrkamp.

Autorenfoto: Ekko von Schwichow

Ljubko Deresch

Die Anbetung der Eidechse

oder

Wie man Engel vernichtet

Roman

Aus dem Ukrainischen von
Maria Weissenböck

Suhrkamp

Die Originalausgabe erschien unter dem Titel *Pokloninnja jaščirci. Jak nyščyty anheliv* 2002 in der Zeitschrift *Tschetwer* in Lwiw, als Buch 2004 im Verlag Calvaria, Lwiw.

Übersetzerin und Verlag danken Juri Durkot für seine Mitarbeit.

edition suhrkamp 2480
Erste Auflage 2006

Deutsche Erstausgabe

Satz: Jung Crossmedia Publishing
Druck: Druckhaus Nomos, Sinzheim
Umschlag gestaltet nach einem Konzept
von Willy Fleckhaus: Rolf Staudt
Printed in Germany
ISBN 978-3-518-12480-2
ISBN 3-518-12480-3

1 2 3 4 5 6 – 11 10 09 08 07 06

In strahlendem Gedenken
an Jim Morrison

Things are broken and dance
James Douglas Morrison »The Ghost Song«

The boy that you love is the man that you fear
Marilyn Manson »Man that you fear«

Das bin nicht ich. Das ist alles er.
Misko Krwawitsch »Ich und Deresch«

Erstes Kapitel

1.

Alles wird gut, beruhigte ich mich.

Alles war auch wirklich gut. Es war eine Viertelstunde vergangen, seit ich mit ihm allein war; noch einmal so lange – und sie kommen zurück.

Ich betrachtete sein

(obwohl im orangen Stil)

weißes Hemd mit einem kleinen Alligator auf der Brust. Das zum Mund kriechende Blut auf seiner Oberlippe. Kein schlechtes »Klagelied der Ukraine«.

Alles war gut auf dieser orangen Welt, bis er den Mund aufriß und zu sprechen begann.

In dem Moment nahmen die Unannehmlichkeiten ihren Anfang.

2.

Ich liege auf der Veranda – sie ist hell, an drei Seiten mit Fenstern umgeben – und lausche dem Rauschen des Regens. Eine verglaste Veranda, erfüllt mit grauem Gewitterlicht, Regenschlieren an den Fenstern, ein altes (*uraltes*) Sofa mit einem einstmals roten Überzug. Ein betagter Kassettenrekorder leiert leise alte Nummern von Pink Floyd, die Pink-Floyd-Kassetten sind beinahe ordentlich an der Wand gestapelt. Den »Jupiter« habe ich, um besser zu hören, auf den nicht mehr taufrischen, vom Schicksal gezeichneten und von meinem Hintern malträtierten Hocker gestellt. Außer dem Sofa, dem Kassettenrekorder und einem kleinen Tisch mit ein paar Stühlen gibt es auf der Veranda eigentlich nichts. Und die wackligen Büchertürme nehme ich gar nicht mehr wahr. Der Tisch in der Ecke ist alt. Mit Karton unter den Füßen und einer »Erika«-Schreibmaschine auf dem Rücken. Die Tischplatte zählt zehn braune Teetassenringe. Die Tasse hat einen Sprung, sie tropft. Ganz leicht.

Die Dinge gehen kaputt, geraten aus den Fugen und beginnen zu tanzen. Das ist typisch für Midni Buky. Hier beugt sich alles diesem Gesetz.

Ich liege auf dem Sofa, den Finger in einem zugeklappten Buch – »Opowieści niesamowite«* von Edgar Allan Poe. Alte, abgegriffene Worte, vor Ewigkeiten auswendig gelernt. Mit einer seltsamen Kraft zwingen sie mich, sie wieder und wieder zu lesen. Wenn mein gesunder Menschenverstand vom Regen und von Fedja keine Risse bekommt, bleibe ich bis Mitte August in Midni Buky. Ihr müßt wissen, daß mein Vater und ich eine Vereinbarung getroffen haben – diese Datscha gehört mir allein, den ganzen Sommer über. Auf diese Weise wird weder der Alte dem Sohn noch der Sohn dem Alten auf den Wecker fallen. Einmal im Monat kommt Mama mit Geld und Fressalien, die der Glatte Hippie, Dswinka und ich innerhalb von drei Tagen verschlingen. Die übrige Zeit koche ich selbst, manchmal mit Dswinka. Der Glatte Hippie hat zugegeben, daß er nur Tee kochen und Buchweizen auslesen kann. Ich hasse Buchweizen.

Dswinka und der Glatte Hippie haben das Pech, in Midni Buky zu leben. Sie wohnen dort, wo die Stadt auf-

* »Seltsame Geschichten« (poln.)

hört und der Wald beginnt. Ich lebe auch am Stadtrand, aber auf der anderen Seite, näher bei den Bergen und beim Fluß – dort, wo das Grundstück des Hyazinthenhauses beginnt. So heißt das halbzerstörte Mädcheninternat, das jetzt ein Zufluchtsort für Penner und Junkies ist.

3.

Der Glatte Hippie und Dswinka sind meine einzigen wahren Freunde. Wir sind Brüder und Schwestern im Underground. Wir sind eine Randgruppe der städtischen Gesellschaft, Aussatz am Körper des Kollektivs. Weil wir verdammte Individualisten und widerliche Freaks sind. Und Freaks sind es nicht gewöhnt, nach Normen zu leben, versteht ihr. Eher umgekehrt: Sie haben die idiotische Angewohntheit, sie zu verletzen. Doch es ist was faul im Staate Dänemark. Es gibt hier so einen Kerl – Fedja Kruhowyj. Ein sehr, SEHR mieser Typ. Letzten Sommer nahm ich mir fest vor, ihm und dem räudigen Rottweiler Djuk, Fedkas vierbeinigem Freund, aus dem Weg zu gehen.

Wir verabscheuten die beiden – haßten sie mit diesem perfiden Teenagerhaß, bei dem man nicht von großherziger Vergebung, sondern vom schnellen, qualvollen Tod des Feindes träumt. Wir wollten, daß sie für immer aus unserem Leben verschwinden.

4.

Wenn man versucht, die Dinge zu durchschauen, tiefer gräbt und alle überflüssigen Faktoren verwirft, stellt sich heraus, daß unser ganzes Elend mit »Levi's«-Jeans begann – gefaked, das Label mit einer »Singer«-Nähmaschine und unter meiner Aufsicht angenäht. In grauer Vorzeit, als noch Legenden in den Köpfen der Fans spukten, fuhren zwei Typen aus Midni Buky nach Polen – Petja Dupa und Pawlo Nera (Petja wurde wegen seines Gesichts, das zur Hälfte mit Brandnarben bedeckt und deswegen glatt und schweinchenrosa war, *Dupa* – Hintern – genannt). Während der Exkursion tauschten sie die »Levi's« bei einem Polen gegen einen Rucksack und siebzehn Kassetten von Iron Maiden, AC/DC, Judas Priest und Black Sabbath. Mit diesen Kassetten sind sie groß geworden, genauso wie Pawlo Neras jüngerer Bruder Arsen. Der hat sie dann mir gegeben, ich habe das gesamte »Moskauer Gejaule« gelöscht, die Kassetten überspielt und sie gemeinsam mit dem Glatten Hippie, später auch mit Dswinka gehört. Mit der Zeit tauschte ich die überspielten Iron Maidens auf der Lemberger Vernissage gegen Tonbänder mit Pink Floyd und Jethro Tull.

Während wir drei eine Evolution (oder Degeneration – wie man's nimmt) durchliefen, waren wir ständigen Repressalien von Fedja, dem Köter und seiner wackeren Clique ausgesetzt.

Fedja hat eine superkurze Frisur nach dem Motto »Ich komme aus dem Knast«, bevorzugt in die Hosen gesteckte Hemden des Typs »nasse Seide« und den semitischen Wodka »Stopka«. Das Besondere an ihm war, daß die Kotze nach übermäßigem Genuß desselben einen angenehmen und überaus intensiven Geruch von Melone, schwarzer Johannisbeere oder Aprikose annahm.

Fedja war ein *Pazan* bis in die Haarspitzen und lebte seit ewigen Zeiten nach den *Ponjatja*, den Regeln der Verbrecherwelt. Er haßte verdammte Hippies (wie sie uns damals noch nannten) und war bereit, mich und den Glatten Hippie in seiner ätzenden Wut aufzulösen.

Unser Haß beruhte auf Gegenseitigkeit.

5.

Dswinka und ich waren schon drei Jahre befreundet, seit 1990, als sie von Iwano-Frankiwsk nach Midni Budky gezogen war. Sie kam oft zu mir, wenn es regnete, half mir kochen, erzählte mir was. Manchmal lagen wir einfach auf dem Sofa – Brust an Brust, Wange an Wange –, hielten uns an den Händen und fingen den Atem des anderen. Oder wir küßten uns. Einmal schlief ich sogar mit ihr. Nicht im Sinne von *Sex*, nein – ich schlief einfach mit ihr in einem Bett, genaugenommen auf einem Sofa. Draußen tobte ein Gewitter, die Veranda erstrahlte von Zeit zu Zeit in einem pastellen, schrill fliederfarbenen Licht, dem wütendes Donnergrollen folgte. Dswinka lag in Höschen und Trägertop neben mir. Ich erinnere mich, daß sie am ganzen Körper zitterte, aus Angst, vor Kälte, vielleicht auch vor Erregung. Ich kroch etwas zur Seite – wollte nicht zeigen, was sich bei mir unter der Gürtellinie tat. Trotzdem bat mich Dswinka, sie zu umarmen. In dieser Umarmung schlief sie ein. Und getan haben wir's nicht miteinander.

(Fremde Erfahrungen können wertvoll sein: Mein älterer Bruder Orest – er war damals knapp siebzehn – kam irgendwann nach Hause und verkündete, er habe geheiratet. Er hatte mit einem Mädchen geschlafen, sie hat es »erwischt«, und für eine Abtreibung war kein Geld da, oder die Zicke wollte einfach nicht. Orko haben sie festgenagelt und zum Idioten gemacht. Mama setzte ihn vor die Tür.

Jetzt ist er irgendwo in Polen, handelt mit altem Müll. Mit einem Wort, wie in der Bibel: »Rammeln hat seine Zeit und sammeln hat seine Zeit«.)

Ich verstehe Dswinka. Ich bin ganz sicher ihr einziger Freund, vor allem im Sommer. Mit dem Glatten Hippie ist sie befreundet, aber nicht wahnsinnig gut. Er ist zu exzentrisch.

Dswinka stammt aus einer idealen ukrainischen Familie, aus einer so ideal-ukrainischen Familie, wie sie sich höchstens Jurko Wynnytschuk hätte ausdenken können. Die Mutter nahm in der Konditorei immer Punschkrapfen zu ihrer Melange, der Vater hörte alte Schellackplatten der gothic-death-doomigen »Bandura«, sie lasen »Für eine freie Ukraine«, fuhren ausschließlich mit der Tram und wischten sich am Klo nur mit grauslichen Fetzen ab. Sie waren fürchterliche Patrioten und erkundigten sich in ihren zahlreichen Briefen immer nach der Gesundheit der Tanten in der kanadischen Diaspora, in Toronto. Zwei Jahre kümmerte sich Dswinka um ihre hilfsbedürftige Großmutter, die langsam, aber sicher von Alzheimer ausgehöhlt wurde. Die Großmutter behauptete, ein großer rosaroter Konus habe sich in ihrem Kopf festgesetzt. Dswinka mußte für sie sorgen wie für ein kleines Kind.

Schlußendlich segnete die alte Schachtel das Zeitliche: entschlief, krepierte, biß ins Gras, starb, ging ins Himmelreich ein, gab den Löffel ab, streckte alle viere von sich – nennt es, wie ihr wollt. Am Kern der Sache ändert es nichts, und die Freude über ihren Tod könnt ihr nicht verbergen. Dswinka atmete auf.

Den Eltern und ihrer älteren Schwester zum Trotz, die immer ein Vorbild für Dswinka gewesen war, ging sie underground.

Ihre Freundinnen verachteten sie offen dafür, daß sie Scheißmusik hörte, die niemandem gefiel, abgefuckte Jeans trug und sogar (das kann nicht sein!) mit *dem Glatten Hippie rauchte*. Das war ein fruchtbarer Boden für Gerüchte: Die höchst bemerkenswerten Geschichten begannen damit, daß Dswinka Hippies und meine gemeinsame Hure sei, und gipfelten in dem Märchen, daß wir einen Klub junger Onanisten gegründet hätten, und schwul wären, Dswinka hingegen lesbisch (??!). Es würde mich interessieren, ob sie unseren sodomitischen Geheimbund mit der berühmten Nessie bemerkt haben.

6.

Den Glatten Hippie habe ich ein Jahr nach Dswinka kennengelernt. Er lebte seit seiner Geburt in Midni Buky, aber Freunde wurden wir erst, als wir unsere gemeinsamen Musikinteressen und ähnlichen Einstellungen zu den Formalen im Allgemeinen und Fedja im Speziellen entdeckten. Der Typ war schwer in Ordnung, aber nur wenige gaben sich Mühe, ihn zu verstehen.

Als Apologet und Veteran der Brownschen Bewegung rauchte Hippie, trank neuerdings und trieb sich herum. Er hatte zwei Fünfen, in Sport und in Werkerziehung. In der Spalte »Betragen« stand ein bitterböses »UNGEN.!«. Wäre mehr Platz gewesen, der Klassenvorstand hätte hundert Ausrufezeichen eingetragen, und es ist zweifelhaft, ob sie den Stand der Dinge adäquat abgebildet hätten. Man hatte ihn schon dreimal für kurze Zeit vom Unterricht ausgeschlossen. Hippie schrieb Physik- und Algebra-Tests besser als alle anderen in der Klasse (sein Vater hatte an der

Lemberger Universität Physik unterrichtet), trotzdem hatten die Lehrer Angst, Hippie auf Olympiaden zu schicken.

Außerdem schrieb Hippie gern schwarze Humoresken über mißglückte Abtreibungen, Blondinen, die von Lastwagen zerquetscht wurden, und brave Großväter, die hilflose Omas totschlugen. Er schickte seine Arbeiten regelmäßig an die örtliche Baptistenzeitung »Glaube Hoffnung Liebe«.

Der Glatte Hippie war ein fürchterlicher Nationalist, er stand denen, die sich in Lemberg bei der Weißen Mutter versammelten, um nichts nach. Auf seine nordischen Haare und Augen war er immens stolz. Eine echte arische Bestie. Bildhübsch wie ein Kind Aphrodites, die Augen – leuchtend blauer Kobalt, und das Haar superdicht, weich und blond. Hippie hatte es zuletzt geschnitten, als er dreizehn war.

An einer Weggabelung nicht weit vom Zentrum steht in Midni Buky eine riesige weiße Statue der heiligen Anna, Retterin aller unschuldig Ermordeten, die Hände zum Himmel erhoben, gleich dem SOHN, der SEINE Wunden zeigt. In den schwarzen Sockel war eingemeißelt: »HIER WURDEN SIE GEFOLTERT, HIER SIND SIE GESTORBEN«. Die Buchstaben waren vergoldet. Die heilige Anna hatte man neunzehnhundertachtundachtzig aufgestellt, quasi zum tausendjährigen Jubiläum der Christianisierung der Rus, in Wirklichkeit aber zum Gedenken an die Opfer des NKWS.

Die glatte Granitfläche neben dem Sockel war ein total cooler Platz. Wenn sich der Glatte Hippie betrank, ging er nicht nach Hause. Nein, er übernachtete immer bei der Statue. So brachte er seinen inneren Protest und äußeren Widerstand gegen die *Pazany*, die Formalen, zum Ausdruck, und auch gegen die Alkis, die im Hyazinthenhaus übernachteten. Trotzdem beschützte ihn die heilige Anna: Man hatte den Streuner noch nie zusammengeschlagen, während er schlief.

Vielleicht aus Ekel?

7.

Die Mutter des Glatten Hippie war Lehrerin für ukrainische Sprache und Literatur. Ihr war es gelungen, dem Sohn die Liebe zu Schewtschenko und Stus mitzugeben, aber auf syntaktisch-orthographischer Ebene hatte sie kläglich versagt. Auf hygienischer ebenfalls, was man vor Hippie besser nicht erwähnte.

Der Vater war Patriot und starb beim Eisbärenhüten irgendwo nördlich von Workuta. Er hatte dem Sohn nichts mitgegeben, bis auf eine in unserer Gegend vollkommen gerechtfertigte Moskophobie und vielleicht ein paar profaschistische Ansichten. Hippies Oma war vor einem Jahr gestorben, was zur Folge hatte: Nadija Dmytriwna scherte sich nicht mehr darum, wo ihr Sohnemann übernachtete, wenn er nur im nächsten Jahr aufs Polytechnikum ging; der Glatte Hippie konnte sich herumtreiben, wo er wollte.

8.

Jedes Ereignis, sei es noch so unbedeutend, hat Ursache, Verlauf und Folgen, pflegte in der achten Klasse unsere Geschichtslehrerin zu sagen, Objekt meiner perversen Kinderphantasie. In Midni Buky sind wir Outsider, Enfants terribles, The Bad Company … Wir – die Asse der Nation, wir – die Ärsche der Nation. In Wahrheit sind wir einfach.

Wir bewunderten Kerouac, John Lennon und Bruce Springsteen, die so gerne *die Ordnung kritisierten* und *die Macht verurteilten*.

So war's: Es gab uns, es gab eine Ursache, bloß der Auslöser fehlte; eine Kleinigkeit, und wir würden in die Luft gehen wie pures Dynamit.

9.

is everybody in?
is everybody in?
is everybody in?
the ceremony is about to begin

Zweites Kapitel

1.

Das Wetter wurde schöner. Ihr wißt ja, wie es im Gebirge sein kann. Die wütende Sonne glüht wie ein Geschwür. Die Pfützen trocknen auf der Stelle, der Geruch von feuchter Erde und Engerlingen verflüchtigt sich in die Berge. In Midni Buky herrschte eine drückende, feuchte Hitze.

Innerhalb einer Woche war alle Feuchtigkeit verdampft und die Temperatur um acht Grad nach oben geklettert. Nachts sank die bläuliche Alkoholsäule in meinem Thermometer nicht unter siebenundzwanzig Grad.

Alle Bewohner, die bei klarem Verstand waren, verschanzten sich in ihren kühlen Steinhäusern. Von zehn Uhr morgens bis sieben Uhr abends war die Stadt wie ausgestorben. Nur alte, gelb gewordene Hunde und Katzen, gute Bekannte, die einander nicht mehr beflegelten, wärmten ihre durchfrorenen Knochen und das verblichene Fell in der Sonnenhölle.

Die Dinge gehen kaputt und beginnen zu tanzen, von Jahr zu Jahr mehr und mehr ... Das ist typisch für Midni Buky. Darin liegt das Wesen dieser Stadt: *Verfall.*

Ich habe eine alte, gestreifte Liege in den Garten gestellt. Esse in der größten Hitze halbreife Äpfel, lausche der heißen Stille der Stadt und erfreue mich am smaragdfarbenen Muster der Blätter.

Ich harre aus. Warte und begreife nicht, worauf.

2.

Mittagszeit. Vor einer Stunde war der verschlafene Hippie reingelatscht und hatte mich von der Liege gejagt. Wir zogen durch die Straßen und spürten, wie der feuchte Asphalt unter unseren Füßen nachgab.

Hippie hatte einen Ball aufgetrieben, und wir gingen auf den Kinderspielplatz, ein bißchen kicken. Gut, daß es in Midni Buky so viel Ahorn gab. Von der Hitze war das Laub verwelkt, trotzdem spendeten die Bäume Schatten, wenn auch spärlich. Ich war froh, daß der Glatte Hippie nicht auf die Idee gekommen war, zur heiligen Anna zu gehen – die stand am verdammt sonnigsten Platz überhaupt. Der Glatte Hippie fürchtete sich, allein durch die Stadt zu gehen: Fedja, der rabiate Rottweiler Djuk, Pazany mit genagelten Stöcken et cetera. Mit mir zusammen war es nicht ganz so schaurig.

Im übrigen glaubte ich nicht, daß auch nur ein Hopnik seinen kahlgeschorenen Kopf in die Sonne strecken würde, solange sie im Zenit stand. So was Krankes machen nur hoffnungslose Idioten, wie Hippie und ich.

Der Park war menschenleer. Ein gewöhnlicher Platz mit Föhren, Fichten und mir unbekannten Laubbäumen, deren lateinische Bezeichnungen der Glatte Hippie als Schimpfwörter verwendete (»*Fuck, du verkackte Betula Pandula, WIE NENNST DU MICH?...*«).

Durch den Park schlängelten sich asphaltierte Wege wie die Fangarme eines Kraken, an den Wegrändern standen in regelmäßigen Abständen Bänke. Als ob in Midni Buky nicht zweitausend, sondern – sagen wir – eine halbe Million Seelen wohnten, denen es aus heiterem Himmel einfallen könnte, auf diesem harten, rauhen Holz zu sitzen.

Irgendwo in den schattigen Tiefen des Wäldchens befand sich ein sonnenbeschienenes, mit Ziegelsplittern bestreutes Rechteck. Der Platz war ideal für Kinder unter zehn, die sich hier Knie und Ellenbogen aufschürften. Einmal habe ich gesehen, wie ein achtjähriges Mädchen mit dem Gesicht in diesem Gemisch aus Staub und scharfen Ziegelsplittern landete. Sie war einem aufsässigen Bürschchen nachgejagt, blieb an ihrem Lackschuh hängen und zerschrammte sich die Wange. Kleine Steinchen steckten in dem blutigen, staubverschmierten Gesicht. Und Hippie interessierte sich nur dafür, ob es noch Zigaretten gab.

Der hinterste Teil des Platzes schloß mit einer Ziegelmauer ab, drei Meter hoch und gute zwanzig Meter lang. Gegen sie wollten wir den Ball spielen.

In dieser Hitze zahlte man für jede Bewegung einen hohen Preis. Hippie kickte den Ball, er prallte zurück, ich kickte, der Ball tat dasselbe... Unsere Schatten waren schwarze Pfützchen. Die Gliazellen meines Kumpels erhitzten sich, offenbar bis zum Siedepunkt, denn er begann laut zu denken:

– Misko, nimm das Wort *slon* – Elefant. Grundsätzlich ein unschuldiges nigerianisch-kordofanisches Wörtchen mit einem leicht malaysisch-polynesischen Akzent... Aber weißt du, was? Wenn wir in die Tiefe gehen... (er imitierte die schulmeisterliche Art seiner Mutter), was sehen wir da? Wir sehen...

Hippie verstummte; anscheinend sah er dort etwas, das man an einem kühlen, schattigen Ort aufbewahren und keiner direkten Sonneneinstrahlung aussetzen sollte.

– Na gut, lassen wir die Elefanten. Auf russisch heißt Tisch *stol*. Wie sagt man auf ukrainisch, hä?

– *Stil*.

– Und *stul** – Stuhl?

– Kot, – sagte ich und trat gegen den Ball.

– Ach nein, das Möbelstück Stuhl. *Stilez*. Nach der Logik der unscharfen Mengen sollte der Elefant auf ukrainisch also nicht *slon* heißen, sondern? *Slin*!

– Und »Polen« wie? »Pilen«, hab ich recht?

Hippie brüllte los.

– Dieselbe Analogie haben wir bei der Moskowiter »Kolchose« ...

– Richtig heißt es also »Kilchise«. Obwohl ... Richtig ist »Bronchoskop«, oder vielleicht doch »Brinchiskip«.

– Zweifellos, Pan Mychajlo ...

– Außerdem sagt man nicht »was hast du für wohlgeformte Ohren«, sondern »was für *wihlgefirmte Ihren*«?!!

– Ja ... ja genau, wie sonst? – einen Augenblick schwankte Hippie, ein nicht unbedeutender Hauch von Absurdität wehte ihn an. Trotzdem erläuterte er sofort:

– So haben unsere Vorfahren gesprochen, lange bevor die Moskowiter in galizische Gefilde eindrangen und alles russifizierten, was zu russifizieren war. Sogar die Hähne krähen schon auf Russisch: *ku-ka-RJE-ku*!

Hippie spuckte zornig in den Sand, ließ eine Schimpftirade los und lächelte zärtlich.

– Verstehst du, Misko, der Moskowiter hat sogar seine Uhr um eine Stunde zurückgestellt, um mehr Ukrainer russifizieren zu können. Der Moskowiter ist ungeschickt, aber gerissen – Hippie drosch auf den Ball. Der prallte weit ab. – Darum erwacht er in seiner Bärenhöhle, Manka gibt ihm ein Gläschen Selbstgebrannten und einen *agurez*,**

* Russisch.
** Imitiert die Aussprache von russisch *ogurez* – Gurke.

sämtliche Plundertäschchen, Blintschiki. Er sitzt, verschlingt das alles und schmiedet heimtückische Pläne, wie man unsere Kalyna-Sprache vernichten könnte. *Unseren Nachtigallengesang*. Unsere komplizierte und für Personen des Moskauer Geschlechts schwer zu verstehende ukrainische Sprache! Glaub aber nicht, daß alle Moskowiter so sind... Das ist sozusagen ein Stereotyp, das von mir ausgehend von allgemeinen Überzeugungen quasi a priori aufgestellt wurde...

Ich strengte meine Ohren an. Wenn Hippie begann, mit Latein um sich zu werfen, war sein Gehirn eindeutig überhitzt. Gleich würde er was über den Kinderkreuzzug nach Moskau faseln.

– Und meiner Meinung nach sind alle Moskowiter dumme Hunde... wozu zum Teufel haben sie die U-de-eS-eS-eR zerschlagen, he?

– Richtig, – nickte ich. – Lebten wir unter den Sowjets, würden wir Pugatschowa hören, »Laskowyj maj« und Legenden über den *pla-achoj* und *ba-alschoj** Onkel Baandera..., – stimmte ich ihm lachend zu.

– Nein, du hast nichts begriffen. Ich wäre herangewachsen, Ingenieur geworden, hätte einen Kinderkreuzzug nach Moskau organisiert... Stell dir vor – kleine hungrige Kinderchen, wie Engel, jedes mit einer Kerze und einer Photo-Ikone der heiligen Mutter Gottes in der Hand, stehen vor den Toren des Kremls, und dann ich – in Trachtenhemd, in einer Uniform des SS-Bataillons »Nachtigall«, mit einem Kreuzstich-Bandera auf dem Rücken, ich gehe inmitten der Kinder und gröle »Rozryta mohyla«. Und

* Imitiert die Aussprache von russisch *plochoj* – schlecht; *bolschoj* – groß.

nachts hätten wir Fahnen Andersgläubiger verbrannt und den Marsch »Ukrajina« gesungen.

– Und die Miliz? Die Armee?

– Alles einkalkuliert! Gleich am ersten Tag werde ich geschnappt und in den Bunker geworfen, die Kinder ins Waisenhaus gesteckt. Dann foltern mich die KGBler ein bißchen und verbannen mich auf die Solowki-Inseln … – erzählte er verträumt.

– Und?

– Nichts, das ist alles … Aber der Ruhm! Was für ein Ruhm! Er stirbt nicht – vergeht nicht! Großer Gott, mein großer Gott! Wie der von Onkel Chmel! Quatsch, wie der von Elvis Presley, Serhij Bubka, Ho Chi Minh und des durchlauchtigsten Erzherzogs Ferdinand zusammen! Alle hätten gesagt: Teufel auch, der war ein echter Patriot! Und der Vater würde dem Sohn unter Tränen über das helle Köpfchen streichen und sagen: Ich will … *mein Sohn, die Tränen* … ich … ich will, daß du aufs Polytechnikum gehst und genauso wirst wie Unser Nationalheld … So ein Ruhm!

– Ein Nachruhm gewissermaßen …

– Was für ein unvergänglicher dafür! Ich würde zum Ukr-Naz-Sex-Symbol!

Ich nickte verständnisvoll:

– Ja-a, echt cool. »Best of Geil«, wie die Vorväter sagten, oder »Amor patris orthodox«.

– Jetzt bleib schön bei der Wahrheit! Das hat Petja Dupa immer wiederholt: »Amor patris … Amor patris …« Er hat's zu weit gearmort! Hat sich das Maul verbrannt.

– Glaubst du, daß er das irgendwo gehört hat? Vielleicht bei Mara Lwowna? Oder vielleicht …

In diesem Moment traf mich ein superfester Schlag am

Kopf, direkt neben dem Ohr. Brennender Schmerz, Verwirrung und Kränkung schossen mir in die Eingeweide.

– Scheiße, wir verschwinden besser von hier, – zischte der Glatte Hippie.

Ich ging vor Schmerz in die Knie, hielt mir das brennheiße Ohr. Ganz von selbst kamen mir die verfluchten Tränen. Ich raffte noch nicht, was passiert war. Hippie deutete mit dem Kopf zum anderen Ende des Platzes.

Scheiße: Dort drüben im Schatten saßen auf der niedrigen Mauer Fedja und Sery, Fedjas KUMPEL, Pazan und Hop wie er selbst. Na ja, und der fiese Djuk natürlich, mit seiner faltigen Schnauze und dem Sabbermaul.

Während wir laberten und der Ball zur Seite gerollt war, hatten sich die Pazany leise herangeschlichen, und Fedja hatte mir den Ball an den Kopf gepfeffert. Unglaublich: So ein Arschloch (ja, genau!) – und ein Ziel hat der!

– Misko, verschwinden wir von hier, solange wir noch können, – flüsterte der total verschreckte Hippie noch einmal.

Auf solche Mißgeburten zu stoßen war wahrscheinlicher, als sich auf die Schuhe zu pinkeln. Ich ließ meinen Blick über den Beton gleiten. Verdammt, ist mein Kopf hart. Der Ball war weit abgeprallt und rollte nun auf dem leicht abschüssigen Platz in eine der Ecken. In die Nähe dieser Schweine. Doch die saßen da, spuckten zähen grünen Speichel aus und dachten vielleicht: »Ja, wir sind Schweine, und drum finden wir's geil, solche Proleten wie euch zu verprügeln.« Oder so ähnlich, jedenfalls verriet das bösartige Grinsen, daß seine Eigentümer eher militaristisch als pazifistisch gesinnt waren. Die Schweine kauten Sonnenblumenkerne.

Meine Geschichtslehrerin (Objekt meiner geilsten sexuellen Phantasie... habe ich das schon erwähnt?) erzählte, daß General Denikin in jeder neuen Stadt als erstes den Befehl gab, die Babas mit »*Sjemjetschki**« – zu erschießen.

»Ein Denikin-Anhänger mit Bazooka in der Hand – jetzt und hier«, – schwebte es mir vor.

Ich bin klein, grau und unauffällig. Ich bin klein, grau und unauffällig... Während ich das wiederholte, schlich ich geduckt in Richtung Ball. Wenn nur nicht...

– Hey, Pazan, ps-s-s... Hörst du?

Das war's, Scheiße. Vorbei, Schluß, Ende. Ich schwieg, hatte den Ball schon fast erreicht.

– Hast du Kohle?

Ich schwieg wieder. Nahm den Ball und wollte kehrtmachen. Ich schluckte, denn Sery – ein mickriger, wie von einer übermäßigen Gravitation gestauchter, schielender Winzling – erhob sich von seinem Platz. Auf der gegenüberliegenden Seite des mit Ziegelsplittern bestreuten Rechtecks an der Mauer stand der Glatte Hippie; er verschränkte nervös die Arme vor der Brust und nagte von Zeit zu Zeit an seinen Fingerknöcheln. Hippie saß der Schrecken tief im Nacken – Situationen wie diese warfen ihn total aus der Bahn.

Sery war scharf auf unser Geld. Ich wußte, daß Hippie etwas mehr als Tausend in der Tasche hatte – genug für Bier und ein Fruchteis.

Ich schoß den Ball zu meinem Kumpel und versuchte an Sery vorbeizuschlüpfen, indem ich mich – *ich bin klein und grau* – an den Randstein drückte.

– Was is, hast du keinen Respekt vor den Pazany? –

* *Semetschki* (russ.) – Sonnenblumenkerne. Nachahmung der russischen Aussprache.

fragte Fedja rhetorisch. In mir gefror etwas, und ich sagte kaum hörbar:

– Wir müssen los.

Die Luft wurde dicker.

Der Glatte Hippie artikulierte deutlich mit den Lippen: »RE-NN«.

Ich blickte zu Boden, auf meine zerfetzten Sneakers, und legte einen Zahn zu.

– *Schjas* find ich dir *tschjas**! – Fedja holte aus und schlug (oder stieß) mich mit der Schulter (meine Zähne schlugen aufeinander). Wieder ein Riesenschreck, das Bild brannte sich in mein Gedächtnis, und ich stolperte über den Randstein.

Im Nu rappelte ich mich auf und preschte los, ohne mich umzusehen. Plötzlich traf mich etwas an der Ferse – ein Wurf von Sery: sein Spezialtrick. Ich verhedderte mich und schlitterte der Länge nach über die Ziegelsplitter.

– Okay, Scheißkerl, du sitzt in der Falle. Sollen wir dich hier kurz und klein schlagen, *da***?

Sie stellten sich über mich und verdeckten den weiten Himmel und die Baumkronen.

– Was is, hast du keinen Respekt vor Pazany, *da*? – fragte er nochmals. – Hörst du, Sery?

– Ja, ich seh's. Ein stinkender Hippie, oder? Aber wo ist der zweite Scheißkerl? – Sery sah sich um und rief freudig:

– Oh, noch ein verdammter Hippie! Du kümmerst dich um den hier, gut?

Sery jagte Hippie mit Geschrei nach. Ich wußte nicht,

* *Sejtschas* (russ.) – sofort. In der gesprochenen Sprache oft »schjas«; *tschas* (russ./ukr.) – Zeit. Der Autor imitiert die russische Aussprache, die in vielen Fällen weicher als die ukrainische ist.

** Russ. – ja.

was sie diesmal vorhatten, aber ich hatte Angst. Der faule Djuk hob seinen Arsch und plumpste schwer neben die Füße seines Herrn.

– *Dawaj*, steh auf, schnell! Her mit den Kröten, hörst du?

Ich betrachtete weiter die grüne Nadelpracht an den Ästen.

– Scheiße, was is, bist du irgendso 'n Chinese?

– Ich hab keinen einzigen Kupon.

– Wenn ich was finde, fuck, ich sag's dir, dann verprügle ich dich, daß du Blut pißt.

Fedja spuckte mir schwarze, angesabberte Schalen ins Gesicht. Still fluchend wischte ich sie ab. Stand auf und befreite mich von den spitzen Steinchen, die an mir hängengeblieben waren.

– Versuch nur abzuhauen, und ich reiß dir die Mandeln durch den Arsch raus.

Ich wußte nicht, was ich tun sollte. Hatte das andere Arschloch Hippie gekriegt? Trotz Rachitis war Hippie schnell wie der Wind. Vielleicht ist er ihm auch entwischt. Obwohl... Mir war plötzlich alles scheißegal. Djuk lag schwer atmend auf der Seite und starrte in den Wald.

Ich lachte und sprang mit ganzer Kraft und beiden Beinen auf die Pfoten des Köters. Djuk jaulte wütend auf und schnappte nach meinem Bein, aber ich war schon weg. Der Hund winselte und knurrte (ich hatte ihm also doch was gebrochen), der fluchende Fedja rannte hinter mir her. Das Jaulen des Hundes durchbohrte mein Trommelfell.

Solange ich nicht schlapp machte, schlug ich zwischen den Bäumen Haken – meine Leber kreischte wie eine wilde Katze. Endlich gab Fedja auf. Er drohte mir mit der Faust und schrie mir japsend nach:

– Du hast ausgeschissen diesen Sommer, hörst du? DU BIST SCHON TOT!

Dann lief er zu Djuk. Das Stöhnen des Hundes war in der Totenstille vermutlich bis zum Fluß zu hören.

Ohne auch nur einmal stehenzubleiben, lief ich bis an die Schwelle, ruckzuck hinein und schlug die Tür hinter mir zu.

Eine Minute später klopfte es. Mein Herz blieb stehen und zwängte sich in die Gegend meines Kehlkopfes.

– Misko, ich bin's! – gab sich der Glatte Hippie zu erkennen. Krebsrot, durchnäßt und total fertig. Aus seinen Haaren tropfte Schweiß.

– Misko, diesen Sommer geht's uns an den Kragen.

3.

Falls es euch interessiert: Der Hund mit den zertrümmerten Beinen tat mir kein bißchen leid. Ganz ehrlich.

Ich hatte Angst vor ihm. Er war mir schon dreimal nachgejagt. Zweimal hatte er meine Hose zerfetzt. Und einmal hat er meinen Oberschenkel zu fassen bekommen. Fünf Stiche. Ich mußte eine Spritzenkur gegen Tollwut machen (in den Bauch – alle zwanzig!), Mama fuhr zu Fedkas Alten, um sich zu beschweren, wofür ich megamäßig was abbekam. Ich weiß noch, damals flüchtete ich vor Djuk zum Fluß, verfing mich am Ufer in einer Wurzel, fiel der Länge nach auf die Steine und blieb ein paar Sekunden liegen, stumm brüllend vor Schmerz. Der Köter verbiß sich in meinem Bein. Zum Glück sah ich in der Abenddämmerung Hippie, der den Fluß entlangspazierte und gerade unter der Brücke hervorkam, die Hosen aufgekrempelt, seine Flip-Flops in der Hand und eine Zigarette zwischen den

Zähnen. Er warf die Schuhe schnell ans Ufer, fischte den erstbesten Stein aus dem Wasser, und im nächsten Moment landete der nasse, schlammige Steinbrocken auf dem dummen Schädel des Ungetüms, das unter lautem Gejaule zur Seite sprang. Wir hielten ihn auf Distanz, indem wir Steine, Stöcke und Schlamm in sein aufgerissenes Maul schleuderten. Plötzlich ertönte ein Pfiff und »Djuk, *ka mnje* – bei Fuß!«. Diese verdammte Sau Fedja hatte die ganze Zeit auf der Brücke gestanden und uns beobachtet. Der vom Steinhagel gereizte Djuk trottete verwundert zu seinem Herrchen.

Fedja ließ Djuk im Sommer jeden Abend hinaus. Darum liefen abends die Kinder verängstigt nach Hause, blieben in der Nähe von Bäumen, auf die sie klettern könnten, um die Attacke des Köters abzuwarten.

Auch Dswinka war von Djuk attackiert worden, aber er hatte ihr nur die Hose am Po zerrissen. Ein Typ, etwas älter als ich, sah, wie dieser Teufel ihr hinterherjagte, und heizte ihm mit einem Ast ordentlich ein. Dswinka schaffte es, bis in unseren Hof zu laufen.

Der Junge hieß Ihor Tschornyj – Schwarzer. Aber ich kannte ihn praktisch nicht. Manchmal sah ich ihn mit dem Fettsack Stopka Buska, manchmal mit seiner jüngeren Schwester, aber am häufigsten allein. Ich denke, daß er als einziger in Midni Buky ohne Angst und auf gleichem Niveau mit Fedja reden konnte. Er konnte jeden der Pazany zu jeder Zeit ihr-wißt-schon-wohin schicken. Er konnte Djuk in den Arsch treten, Fedja ins Gesicht spucken, dessen Sonnenblumenkerne essen, Bier trinken, seine Mutter beleidigen, seinem Großvater ein Bein stellen, Großmutters Erdbeeren zertrampeln und Steine auf Fedjas Bruder schleudern.

Das konnte er.

Und Fedja wußte es.

Denn Tschornyj strahlte Mut und Stärke aus. Nicht weil er ein Jahr älter war. Nein. Er hatte es im Blut. In den Augen. Ihor zeigte nie Aggression. Die Pazany mieden ihn wie einen tollwütigen Hund, der jederzeit zuschnappen konnte.

Ihor Tschornyj stand abseits von allen.

Wieso war Djuk scharf?

Manchmal hörten wir, daß Fedja sagte: »Faß, Djuk, ein Fremder!« Was die anderen Fälle betrifft... Ich glaube, daß Djuk durch seinen abnormalen Herrn so abnormal geworden ist. Der Trick – stehen und nicht bewegen – zog bei ihm übrigens nie, der Hund griff in jedem Fall an.

Djuk hatte sein Zuckerbrötchen mit Rattengift schon la-a-ange verdient.

4.

Wieder Hitze. Wir lagen herum, erschlagen von ihrer erdrückenden Umarmung. Der Glatte Hippie klimperte leise auf seiner spanischen Gitarre, deren Decke von einer schwarzen Tuscheaufschrift verziert war:

TSCHUHAJSTYR

So hieß unsere Neo-art-rock-band in folgender Besetzung:

1. Hippie, Glatter – Sologitarre, Vocal.

2. Olelko Dswenislawa – Back Voice, Blockflöte, Mundharmonika (nur wenn Petja Dupa eine in Lemberg im Studentenheim auftreiben würde), Reisrasseln.

3. Krwawitsch Mychajlo – Back Voice, Sopilka, Blockflöte, Voice Effekte, Kunstpfeifen, Percussion.

Wir wollten etwas zwischen Jethro Tull und King Crimson spielen. Ambitioniert, tiefsinnig und cool.

Und jetzt lagen wir, an einen breiten Apfelbaum gelehnt, im Garten meiner Fazenda. Dswinka hielt unser Schlagzeug – eine kleine, verlorene Trommel, deren Namen niemand von uns kannte – auf dem Bauch und spielte rätselhafte karibische Rhythmen. Ich hielt Dswinkas Kopf auf meinem Bauch und blies leise in ihre Blockflöte, versuchte mich mal am »Kleinen Neger« von Debussy, mal an der Arie der Marfa aus der Oper »Chowanschtschina«.

Ihr seht: Wir sind vielleicht Arschgesichter, aber dafür mit musikalischer Ausbildung. Sogar Hippie hat eineinhalb Jahre Trompete gelernt. (Um ehrlich zu sein, wurde er nach dem Winterkonzert aus der Musikschule geworfen, angeblich wegen »empörenden Benehmens und unwürdiger Haltung gegenüber dem Lehrkörper«.)

Hippie wollte, daß wir sofort eine geniale Improvisation auf dem Niveau der Konzerte von King Crimson hinlegten, aber irgendwie ging es uns nicht von der Hand. Zur Zeit arbeiteten wir an dem konzeptuellen Album »Buddhas und Bodhisattwas« und momentan an dem Stück »Purpurne Performance auf dem Tiananmen Platz«. Es war deswegen ein Stück, weil es Hippies Rat – oder besser Befehl – zufolge nicht weniger als zwanzig Minuten dauern durfte. Und überhaupt – »Buddhas und Bodhisattwas« mußte ein Doppelalbum sein, wie die anderen auch, und von einem angemessenen Event begleitet werden. Solche mysteriösen, galizischen Postmodernisten sind wir.

Die Musik erinnerte anfangs an »Yesterday« der Beatles, dann an »House of the Rising Sun« von The Animals. Ich gab dem Glatten Hippie eins mit der Flöte auf die Birne, und er begann etwas Eigenes zu spielen.

Die Musik strömte in eigenartigen purpurnen Fäden aus uns heraus. Sie war wild, langsam und tranceartig, wie eine neue, unbekannte Form des Lebens. Sie war maximal avantgardistisch-abstrakt – dermaßen abstrakt, daß ich die Phrase, die ich eine Minute zuvor gespielt hatte, nicht mehr wiederholen konnte.

– Sagt mal, Jungs, – sagte Hippie plötzlich. – Wie wollt ihr eigentlich weiter leben?

– Na, ich zum Beispiel braue *sicher* mal ein paar Molotowcocktails und werf sie in unsre Schule, – weihte Dswinka uns in ihre Pläne ein.

– Nee, ich meine, wie ihr und ich, also wir, hier in Midni Buky weiter existieren sollen? Wir werden doch nicht den ganzen Sommer bei diesem Jugosohn rumsitzen! Was sagst du dazu, Balkanboy? – er klopfte dem Balkanboy (mir) auf die Schulter.

– Tja, was machen wir? – fragte ich nach einer Pause.

– Was heißt »was«? Bis jetzt steckst du allein in der Scheiße, Misko. Du hast dem Köter die Beine gebrochen. Der kleine Senek hat erzählt, daß Djuk nicht mehr laufen kann, und Fedja ihn einschläfern lassen muß. Und das gefällt Fedja gar nicht...

Als er sah, wie ich bleich wurde, schlug er mir aufmunternd auf die Schulter:

– Aber bravo! BRAVO! Auch wenn du vielleicht schon tot bist...

Ich blickte zu Dswinka. Sie hatte die Augenbrauen zusammengezogen und starrte finster in die flimmernde Hitze. Offensichtlich erinnerte sie sich an etwas Böses.

Etwas Böses, das mit Fedja zu tun hatte. Ich traute mich

nicht zu fragen, worum es ging. Ich fürchtete mich vor dem, was ich hören könnte. Die Zeit für Geheimnisse war noch nicht gekommen.

Leise wie ein Schmetterling flog ein Wort von ihren Lippen. »*Ihn umbringen*«. Es war sogar leiser als ein Schmetterling. Nicht einmal der Glatte Hippie hatte es gehört.

Nur ein paar simple Foxtrott-Schritte ihrer Lippen, ihrer roten Lippen. Wieso verströmte dieser Schmetterling eine Kälte, daß es mir eisig den Rücken hinunterlief?

Ich weiß es nicht und will es nicht wissen.

Aber der Schmetterling flatterte.

Dswinka erschauderte, als sie bemerkte, daß ich alles von ihrem Gesicht abgelesen hatte. Sie zeigte mir die Zunge. Ich lachte, und die eigenartige Kälte löste sich in der Hitze auf.

Vorläufig.

5.

Ein weiterer, brütend heißer Tag. Ich machte mit Hippie einen Spaziergang auf den Friedhof – zu dem, der außerhalb der Stadt lag. Der Weg führte durch Brachland und an unfruchtbaren Gärten vorbei. *Ein geiler Weg*, dachte ich, denn die Wahrscheinlichkeit, Fedja hier zu treffen, war fast gleich Null. Die Sonne, noch im Zenit, brannte uns auf die Birne.

– Weißt du, Misko, – begann Hippie nach langem Schweigen, – ich weiß nicht, wie lang ich diese ganze Kacke noch aushalte. Das alles hier geht mir verdammt auf den Sack: die Hitze, Fedja, diese Arschlöcher ... die ganze Stadt. Aber vor allem – die Angst vor Fedja.

Der Glatte Hippie blickte auf seine Füßen, vielleicht um seinen Blick zu verbergen.

– Glaub mir, ich leide schon an Paranoia. Ständig denke ich, er könnte jeden Moment aus dem Wald stürmen und Djuk auf uns hetzen... Und wenn er uns fängt, dann wird er sich rächen für jedes falsche Wort, ABER WIE...

– Na ja, wegen Djuk mach dir keine Sorgen, – versuchte ich ihn zu beruhigen, denn ich spürte, daß Hippie nicht *einfach-nur-so* davon angefangen hatte. – Ich hab ihm hundert Pro die Pfoten gebrochen. Und wahrscheinlich auch ein paar Rippen erwischt...

– Misko, hast du nur im geringsten eine Ahnung, WAS dich jetzt erwartet? Er wird dich nicht einfach nur verprügeln. Will dir auch etwas brechen... Du kennst ihn doch – so ein Psycho ist zu allem fähig.

– Tschuwak, ich werde ihm aus dem Weg gehen.

Doch ich bluffte, als ich den Coolen gab. Ich pißte mir nicht weniger ins Hemd als Hippie. Vielleicht sogar mehr – ich hatte schließlich seinen geliebten Köter zum Krüppel gemacht. Und ich sage euch, langsam wurde ich genauso paranoid wie Hippie.

– Wenn du plötzlich sterben würdest, – ging Hippie zu einem erfreulicheren Thema über: – Wie möchtest du begraben werden?

Ich dachte kurz nach.

– Weißt du, ich hätte gern ein Begräbnis mit Musik. Erstens das »Lacrimosa« von Mozart. Und dann einen Boogie. Oder Pink Floyd. Dswinka und du, ihr müßtet am Grab Verlaine oder Ginsberg lesen. Was meinst du?

– Ist geritzt, – sagte mein Freund anerkennend. – Und ich wünsche mir, daß auf meinem Grab Hanf gepflanzt wird. So wie man es manchmal sieht, du weißt doch, eine Pappel oder Kalyna ... Und hier – die Königin der Felder, die Südländische Zarin, die zu uns kam aus dem sonnigen Tschujska-Tal, wie man auf den Oktoberkinder-Partys zu sagen pflegte ... Oder vielleicht aus der fernen, von Haschisch und Weisheit umwehten Ostmandschurei ... Pflanzen wir sie also, Kinder, würde die Pionierführerin am Grab des ergebenen Leninisten, Komsomolzen und Kiffers in der dritten Generation sagen. Und sie würde wachsen langhälsig und dicht, den Kindern zur Freude und für meinen Bulbulator.

– Du bist schon tot, – erinnerte ich ihn.

– Ah ... Genau. Du hast natürlich recht. *Aber was für eine SYMBOLIK!*

Ich gab zu, daß es zweifellos eine Wahnsinnssymbolik ist, Gott behüte ...

– Was denkst du, gibt's einen Himmel für Freaks?

– Na klar, – sagte ich, ohne zu zögern. – Dort gibt es gratis Bier und Grass wie Sand am Meer, denk an Hlibow:

Wie lustig, heiter ist es Hanf zu rauchen,
Wieso denn schmachtet, schmerzt mein Herz?
Es schmerzt, es leidet, denn vom LSD – kein Stück,
Der Hanf kommt nicht zurück, kommt nicht zurück.

– Und jeden Tag eine Pflichtstunde Heavy Metal. Wie die Mittagsstunde im Kindergarten, verstehst du. Außerdem sind dort alle haarig wie Äffchen.

Wie erreichten den Friedhof. Es gab viele, sehr viele verschiedene Bäume dort. Die Linden blühten gerade, und die Toten fanden es wahrscheinlich ziemlich cool, vom Duft der Lindenblüte umgeben im Schatten zu liegen.

Wir steuerten auf den hintersten Winkel des Friedhofs zu, seinen alten Teil. Dort war das Gestrüpp besonders dicht, und die Grüfte und Grabsteine waren mit wunderbar interessanten Geständnissen versehen: »Ich habe eine Judenfresse abgemurkst«, »Halka Krywa ist die größte M..e«, »Sweta ist die Königin im Lutschen«, »Banderowzy, ihr seid im Arsch. Rajkom«, »Kraul mein wildes Tier« usw. Anscheinend kamen Spaßvögel, denen die österreichischen Wände des Hyazinthenhauses nicht zusagten, besonders häufig hierher. Für mich persönlich ist dieser Ort ein Gegenpol zum Internat, denn außer uns dreien verirrt sich niemand mehr hierher. Hippie setzte sich müde auf eine »Tekutowa Nina Dmitrijewna« und steckte sich eine an.

– Verstehst du, wie bestußt das ist, Misko: Man begräbt seine Verwandten, stellt ihnen schicke Grabsteine auf, schmeißt einen Haufen Geld zum Fenster hinaus... Und wozu das Ganze? Meinen Enkeln wird es scheißegal sein, daß ich eine verstorbene Urgroßmutter habe... Und den Enkeln meiner Enkel sowieso.

– Stimmt, – pflichtete ich ihm bei. – Weißt du eigentlich, daß sich auf dem Grundstück des Hyazinthenhauses früher ein Cholerat befand?

– Was zur Cholera ist ein Cholerat?

– Ein Ort, wo man Choleratote begrub. Dswinkas Oma hat gesagt, daß es kein guter Ort ist...

– Und von dem Konus hat sie dir nicht erzählt? Dem rosaroten?

Ich lachte auf.

– Nee, im Ernst. Damals war sie noch gesund.

– Hm-m... Wahrscheinlich ist es auch so. Man sieht ja, was für ein Gesindel es anzieht!

Über das Hyazinthenhaus waren tatsächlich häßliche Gerüchte im Umlauf. Es hieß, in dem Haus gäbe es einige Gänge und Zimmer mehr, als ein solches Gebäude fassen könne. Es hieß auch, daß einige Kinder aus den Kellern nicht mehr herausgefunden hätten. Ich persönlich glaube solche Märchen nicht, aber man sagt, das Haus hätte von Natur aus etwas Böses an sich. Wieso zog es sonst wie ein Magnet jeglichen Abschaum an, von obdachlosen Alkoholikern und Drogenabhängigen bis zu venerischen Huren und wandelnden Arschfickern? Märchen hin oder her... Mit dem Hyazinthenhaus stimmte etwas nicht.

– Gefällt dir Dswinka? – fragte der Glatte Hippie aus heiterem Himmel und spuckte aus, um den ekligen Zigarettengeschmack loszuwerden. Was meinte dieser Fuchs wohl?
– Ja... schon. Na und? Gefällt sie dir auch?
– Nee, mir ist sie egal. Aber Dswinka hat mir gesagt, daß sie dich ein bißchen liebt.

Im Prinzip wußte ich das auch so.

– Außerdem, – fuhr er fort. – Glaube ich, daß ich schwul bin.

Mir war es schnuppe, ob er schwul ist oder nicht. So eine Generation sind wir – alles-scheiß-egal.

– Früher dachte ich, daß ich bi bin. Chrystja hat mir noch ein bißchen gefallen... Aber du weißt selbst, was für eine dumme Gans sie ist: »Du bist dies, du bist jenes... Und überhaupt bist du ein Affe und Arschficker, Hippie.« Über solche Leute sagte Dswinka: »Alle Menschen sind Menschen, und ich bin schön, wie eine Göttin.«

– Gemeinheit... Aber vielleicht hat nur *sie* aufgehört, dir zu gefallen und nicht Mädchen im allgemeinen?

– Wie soll ich's dir sagen... ich hab nichts dagegen, eine

zu poppen ... aber sie sind alle solche KÜHE ... Poppen und lieben – das sind vollkommen verschiedene Dinge. Hast du irgendwo ein Mädchen gesehen, das ein Freak gewesen wäre, mit einer perfekten Figur, einfach zum (Hippie küßte seine zusammengeführten Fingerspitzen, à la *Bon Appétit*) – und dazu noch gescheit? Am besten eine Intellektuelle. Die mich mit Andruchowytsch oder Antonytsch in den Schlaf wiegen könnte ... Und die auch noch Geld hätte und mich verstehen würde und mich nicht bitten würde, sie auf ein Eis einzuladen, wenn ich blank bin ... Und die mich nicht auslachen würde und kochen und nicht nur Konserven öffnen könnte ... Na? Kennst du so eine?

– Dswinka?

– Sie hat nur »Exotische Vögel und Pflanzen« gelesen. Außerdem explodiert sie innerlich, wenn sie dich sieht. Glaub mir, Tschuwak, sie hat es mir selbst gestanden.

– Und, würdest du gern mit einem Jungen schlafen?

– Das ist ein echt heikles Thema, verstehst du. Ich will nicht mit einem stinkenden Arschficker gehen. Aber dich zu poppen, dagegen hätte ich zum Beispiel nichts. Ich kann mit dir reden, und im Gegensatz zu einigen Tussies verarschst du mich nicht. Kapiert?

Ich zuckte mit den Schultern, als wollte ich sagen »darauf steh ich nicht«.

– Jungs ..., das ist gar nicht übel, – erläuterte er mir seine Vorlieben. – Mir gefallen sie zum Beispiel auch, doch eher im ästhetischen Sinne. Aber jemandem seinen Schwanz in den Mastdarm zu rammen – das grenzt schon an Perversion.

Hippie hatte meine Überzeugungen anscheinend nicht bis ins Letzte verstanden, deshalb versuchte ich ihn aufzumuntern:

– Was soll's, wenn du schwul bist – dann bist du eben schwul. Vielleicht gehst du ja aufs Polytechnikum, wie Petja und die Neras. Findest dort ein cooles Mädel, ohne Macken. Alles hängt von der Umgebung ab.

Der Glatte Hippie drückte den Zigarettenstummel aus und warf ihn weg. (Er rauchte genau zwei Drittel – hatte irgendwo gelesen, daß genau im letzten Drittel am meisten Nikotin sei.) Er sagte, daß er morgen mit Mama nach Terebowlja fahre, das bei Ternopil, für drei Tage zu seiner Tante. Ich konnte ihn nur bedauern.

– Wenigstens, – sagte ich nach kurzem Nachdenken, – triffst du dort nicht Fedja.

– Fedja... Fedja... Überall Fedja. Ich kann nicht mehr ... Übrigens, Alter, was hindert dich daran, deine Sachen zu packen und den Rest der Ferien in Lemberg zu verbringen?

– Ich bin absichtlich von dort abgehauen, verstehst du. Ich kann mich von ihnen erholen und sie, meine Mutter und mein Vater, sich von mir. Für mich ist es besser, Fedja einfach zu ertragen.

Hippie schwieg, dachte nach. Plötzlich sagt er kläglich, fast weinend:

– Wenn du wüßtest, wie ich mich vor ihm fürchte, Misko! Er geht bestimmt irgendwann zu weit und bringt mich um... Oder zuerst dich und dann erst mich, weil, du hast...

– Ich weiß: Ich hab seinem Hund die Beine gebrochen!

– Eben... Aber du hast aus irgendeinem Grund keinen Schiß! Weil, du hast Nerven wie Drahtseile, hattest du schon immer... Und ich mach mir in die Hosen.

Es ist angenehm, wenn dir jemand sagt, daß du Nerven wie Drahtseile hast und immer schon hattest... Aber,

Hippie, wenn du nur wüßtest, welche Panik ich bekomme, wenn ich daran denke, WAS ich angerichtet habe. Trotzdem hatte ich kein Recht, meine Schwäche zu zeigen. Ich war auf meine Art eine Stütze für ihn. Ich will nicht protzen, wenn ich sage, daß er mich bewunderte und sich ein Beispiel an mir nahm. Hätte ich angefangen, über meine bei weitem nicht geringen Ängste zu reden, hätte er auf der Stelle zu flennen begonnen wie ein Kind. Der Glatte Hippie war eindeutig der Leader unter uns, immer und überall. Aber dieser böse Hitzesommer hatte begonnen. Die tote Saison. Und Hippies Zustand gefiel mir immer weniger.

Es war schon nach zwei, als wir den alten Friedhof verließen und Unheil verkündende Stimmen hörten.

– Fedja, ich *sag dir* doch, daß ich gesehen habe, wie zwei dieser Scheißkerle hier reingegangen sind. Vor circa einer Stunde.

– Wenn sie nicht hier sind, du Rabe, kaufst du mir eine Woche Zigaretten.

– Sie sind bestimmt hier. Ich hab die ganze Zeit aufgepaßt, daß niemand rausgeht... Hab Romik nach dir geschickt und Wache geschoben. Wir waren gerade unterwegs, Nattern fangen zum Mädchenerschrecken.

– Und es waren der Zottige und Mischa, ja? Ohne die Tussie?

– Nee-e. Die war nicht dabei.

– Schade, aber egal. Hauptsache Mischka. Dem Hurensohn dreh ich den Hals um.

Ich warf die Maske des unbewegten Buddha ab und sah Hippie erschrocken an: dem saß die Angst im Nacken. Er wagte nicht, die kleinste Bewegung zu machen, etwa den Mund zu schließen, seine Zähne könnten ja klappern.

Die Stimmen waren bereits erschreckend nah, direkt hinter dem Gesträuch am neuen Friedhof. Sie waren unverwechselbar: Seine Exzellenz, Fedja der Erste, und sein treuer Begleiter, Freund, Sekretär, Advokat, Sancho Pansa oder einfach unbedeutender Laufbursche Ihorytsch. Vor Ihorytsch brauchte man keine Angst zu haben; er kam bei weitem nicht an den schiefen Sery heran, der gefährlich war wie eine F1 ohne Sicherungsring, die man zufällig bei sich im Garten ausgebuddelt hatte.

– Dort drüben ist wer! – in diesem Moment wurde ich fast ohnmächtig vor Schreck. Aber die Stimmen entfernten sich. Ich hielt Hippie mit beiden Armen fest, um zu verhindern, daß er sich losriß und eine Dummheit machte. Mit der Armbeuge hielt ich ihm die Fresse zu.

– Sei ruhig. Sie haben uns nicht bemerkt, – flüsterte ich und ließ meinen schweißnassen Kumpel los.

Er atmete schwer, und ich spürte, wie meine Augen vor Angst so hervorquollen, daß ich nicht mehr zwinkern konnte. Hippie sagte ebenfalls flüsternd:

– Klettern wir auf einen Baum.

Der Kerl ist immer für Überraschungen gut! Denn seine Idee war um einiges gewiefter als jene, die mir in den Kopf geschossen war: leise auf dem Weg hinter unseren Verfolgern herschleichen (einen anderen Ausgang gab es ja nicht), was das Zeug hält aus dem Friedhof preschen, den Überraschungseffekt ausnützen und in die Stadt rennen, zu mir nach Hause.

Aber erstens hatte der Glatte Hippie gerade zwei Zigaretten geraucht und würde nicht weit kommen; und zweitens hatte ich Flip-Flops an den Füßen, die ich sofort verlieren würde.

Wir kletterten ganz leise auf eine gigantische Eiche,

deren grobe Rinde gut fürs Klettern war – zuerst Hippie, dann ich.

Gerade bekam ich den untersten Ast zu fassen und hing in drei Meter Höhe beinebaumelnd in der Luft, da hörte ich entsetzt: Die Stimmen kommen zurück. Meine glatten Sohlen rutschten an der zerfurchten Rinde ab und die schweißnassen Hände vom Ast. Hippie hatte es sich in der üppigen Baumkrone bereits bequem gemacht.

Die Stimmen kamen näher.

– Das war's, bekloppter Rabe, jetzt sind sie entwischt. Verdammter Kastrat!

– Aber Fedja, ich konnte ja nicht wissen, daß ein Pazan hier Pilze sucht... Sie müssen irgendwo in der Nähe sein. Riechst du den Rauch nicht? Die Scheißkerle haben geraucht und rumgefummelt. Den Arschfickern schlag ich die Köpfe ein, ich sag's dir.

Sie standen auf der anderen Seite der Eiche! Meine verdammten Flip-Flops drohten mir von den Füßen zu rutschen und aus drei Metern Höhe auf den Boden zu fallen.

– Sieh mal da. Das Gras ist niedergetreten.

Ihorytsch ging direkt unter mir vorbei; einen Moment zuvor hatte ich meine Beine angezogen und um den Ast geschlungen. Ich hing wie eine reife Frucht am Baum, die beim leichtesten Windstoß hinunterfallen würde. Wenn ich gewollt hätte, ich hätte die Hand ausstrecken und Ihorytsch das blonde Haar zerstrubbeln können: Als wollte ich sagen – »Bravo! Such weiter, Söhnchen!...«

– Fedja, hier sind zwei Zigarettenstummel, – sagte er.

Die Flip-Flops rutschten schon wieder. Der linke würde Ihorytsch auf den Scheitel fallen. Das Affenjunge (ich) drückte den Ast noch fester. Zwei Meter höher saß der Glatte Hippie.

– Fed, laß uns dort im Gebüsch gucken.

Ihorytsch wollte sich auf der Suche nach uns schon ins Unterholz stürzen und so seine tiefe Komsomolzenergebenheit zum Ausdruck bringen, als Fedja den enthusiastischen Kumpanen mit einer Geste stoppte. Er winkte ihn zu sich. Gott, ich danke Dir auch dafür. Mit hölzernen Armen zog ich mich höher und hopp! – schon umarme ich den Ast gemütlich von oben.

Rindenstückchen fielen Ihorytsch in den vor Schweiß glänzenden Nacken. Ich zuckte zusammen, *aus vorbei jetzt geht's uns an den Kragen er schaut hinauf wischt sich über die Augen in die ich absichtlich trockene Rinde streue und ruft dann Fedja zu HIER SIND SIE, DIE SCHEISSKERLE, SIE SIND AUF DEM BAUM! HABEN RUMGEFUMMELT UND JETZT RUHEN SIE SICH AUS, WIE ORANG-UTANS!*

Aber Ihorytschk entpuppte sich als wahrhaft dumm. Er schüttelte die Rindenstückchen achtlos ab und lauschte seinem Idol.

Fedja hielt Rat und enthüllte wunderbar strategische Gedankengänge, die man von Menschen mit aufrechtem Gang nicht erwarten würde. In der heißen Totenstille des Friedhofs war jedes herausgepreßte Wort klar zu hören.

– Hörst du, Ihorytsch, ich glaube, daß sie sich da verstecken. Weil Ausgang gibt es nur einen, und die Büsche dort drüben sind heil. Sie haben sich hier verschanzt oder so. Komm, wir setzen uns hin, rauchen gemütlich eine. Sie denken, daß wir uns schon davongemacht haben, und kommen raus. Und dann schnappen wir sie, oh!

Ich sah beinahe, wie Ihorytschs Augen aufleuchteten. Solange ich Ihorytsch kenne, hat er immer gern »Räuber und Gendarm« gespielt. Verfuckt, denkt Ihorytsch denn, daß Fedja uns mit erhobenem Finger ausschimpfen will? So ein großer Junge, und dumm wie ein Stier.

Die Pazany hockten sich unter den Baum, rauchten eine Zigarette an (Ihorytsch gab Fedja begeistert mit seinem Einweg-, entschuldigt bitte, Fickzeug* Feuer) und begannen in das Grün des Dickichts zu starren, ob wir nicht herauskämen, im Gehen die Hosen zumachten und die Einzelheiten des letzten, besonders gelungenen Koitus auskosteten. Aber nein, niemand erschien in den grünen Ranken des wilden Roggens und Weißdorns, zwischen den Eichen und den mit Moos überwachsenen Zähnen der Grabplatten. Sie bildeten ein Amalgam, und einmal darin gefangen, kann man sich aus der stacheligen Umarmung der Heckenrose nicht ohne Hilfe befreien.

Nach fünf Minuten setzten sich die Pazany wie auf Kommando hin, den Rücken an den Stamm gelehnt. Die Hitze begann auch mir zuzusetzen. Ich blickte nach oben und sah, wie Hippie herzhaft gähnte.

Gleich darauf gähnte auch ich. Unter mir gähnten der Reihe nach Ihorytsch und Fedja. Das sanfte Grün ringsum pulsierte einschläfernd. Mein Kopf wurde ganz warm, und ich biß mir rechtzeitig auf die Zunge, um nicht einzuschlafen.

Als ich nach unten blickte, erstarrte ich buchstäblich: Unsere Wächter hatten sich im dichten Gras unter der Eiche ausgestreckt und pennten. Ach, so ist das! So kümmert ihr euch also um uns? Wie sprach der Dichter, »die Rutulen schliefen, so tief es ging, der Schnaps spendierte diesen Schlaf«. Keine Ahnung, wie es *diesbezüglich* stand, aber die Jungs schliefen, wie Babys an der Brust.

* Ein sehr ukrainisches Wort, gleichbedeutend mit Feuerzeug.

– *Hippie*! – rief ich im Flüsterton. Der Glatte Hippie grinste übers ganze Gesicht.

– Komm, wir lassen uns leise hinunter.

Ich warf die Flip-Flops vorsichtig von den Füßen und klemmte mir die Bändchen für die Zehen zwischen die Zähne. Fedja begann leise zu schnarchen. So leise, wie es die Umstände erlaubten, sprang ich hinunter. Leise, wie eine Katze, genauer ein Kater, machte es mir mein Kumpel nach.

Einen schrecklichen Augenblick lang verstummte ihr Schnarchen, und mein Herz setzte aus. Fedja drehte sich auf die andere Seite.

Wie stahlen uns davon wie Ratten aus dem Kornspeicher und traten in die stechende Sonne.

Endlich begriffen wir, daß wir entkommen waren.

Wir rannten los.

6.

Nicht weiter als einen Werst vom Friedhof entfernt ließen wir uns keuchend im Schatten nieder.

– Misko, kapierst du, *was* geschehen ist? Ein *Wunder*. Verstehst du, wieso wir entkommen sind? Und kannst du dir vorstellen, was gewesen wäre, wenn sie uns geschnappt hätten?

– Beruhige dich, behalt die Nerven. Wir leben doch noch, oder? Eben. Also beschwer dich nicht.

Aber der Glatte Hippie war verstört und angespannt wie eine von unprofessionellen Uhrmacherhänden beleidigte Uhrfeder. Er konnte unmöglich stillsitzen, und ich sah, wie es ihn hin und her riß.

– Verschwinden wir zu dir, bevor sie uns entdecken, – nickte er.

Ich wollte ihm widersprechen, denn die Hitze, das Laufen und der Staub, der sich in die erhitzte Haut gefressen hatte, machten mir arg zu schaffen; ich fühlte mich wie eine ausgepreßte Zitrone, vollkommen kraftlos. Hippie juckte das nicht die Bohne, auf dem ausgetrockneten Weg wirbelten seine Sportschuhe bereits eine Staubwolke auf.

Bis zur Stadt waren es noch eineinhalb Kilometer. Natürlich gab es auch einen kürzeren Weg, der die Straße der Roten Armee direkt mit dem neuen Teil des Friedhofs verband – dem Teil, wo jetzt bestattet wurde, in unseren Tagen. Ich war mir sicher, Fedja und sein Sancho Pansa würden diesen Weg nehmen. Wer ist schon so verrückt, drei Kilometer durch die Hitze zu latschen? Der graue Weg war stellenweise von Unkrauthaufen blockiert – altes, verwelktes Unkraut, das man aus Faulheit hier deponiert hatte, anstatt es an einen versteckten Ort zu bringen. Hier und da trat man auf verschmierte Flecken: Hinrichtungsstätten für in die Falle geratene Kartoffelkäfer.

Plötzlich erblickte Hippie zwischen Haufen von Quecke und krautigem Zeug etwas Interessantes. Etwas Schmutziges und Verwahrlostes, wie alles rundherum. Ich schaute genauer hin...

– Verflixt noch mal! – rief der Glatte Hippie. – Das ist ja Djuk!

Krepiert, heruntergekommen, voller Fliegen, die träge über das matte, borstige Fell krochen. Die Fliegen krochen aus dem halbgeöffneten Maul, spazierten über die dunklen, einst vor Feuchtigkeit glänzenden Augen. Ameisen... sie waren überall, am ganzen Körper, krochen in Nase und Ohren und wieder hinaus. Mich ekelte. Hippie sagte in Gedanken versunken...

– So lag voll Staub am Wege unsre Sprache...

holte mit dem Bein aus ...

– doch eines Tages kam auf diesem Weg

und trat dem toten Hund mit voller Kraft

– ein wunderbarer Mensch entlang!

in die vermutlich schon verwesenden Eingeweide. Und wieder, und wieder ...

Plötzlich heulte der Köter laut auf und zog die gebrochenen Pfoten unter seinen Körper. Er rollte mit den Augen, daß man das Weiße sehen konnte.

Djuk winselte leise.

– Scheiße! Das gibt's ja nicht, verfuckt noch mal! – rutschte es mir heraus. Warum, WIE konnten wir übersehen, daß der Köter noch lebt? WIE KONNTE UNS DAS ENTGEHEN? Der Köter winselte kaum hörbar, und Hippie trat weiter auf ihn ein.

Ich riskierte einen kräftigen Klaps auf den Hinterkopf, der Hippie zum Wanken brachte.

– ICH! ICH! ICH WAR DIESER WUNDERBARE! DER KAM! ICH! – aus seinen Augen rannen Tränen und hinterließen saubere Spuren auf dem verdreckten Gesicht.

Er sah mich herausfordernd an. Als ich dachte, Hippie hätte sich einigermaßen beruhigt, drosch er auf den mit Staub, Fliegen und Ameisen bedeckten Hundeschädel ein.

Der Köter heulte vor Schmerz und in Todesqual. Ich stieß Hippie ins stachelige Gestrüpp am Wegrand. Er rappelte sich hoch, hielt sich die Seite und heulte weiter.

Ich ging zu ihm:

– Hör auf! Du bist doch kein Idiot, der es nötig hat, Tiere zu erschlagen!

Djuks Wimmern verstummte. *Gott hab dich selig, Bruder Djuk. Entschuldige, daß wir solche bösen Scherze mit dir getrieben haben. Und wir vergeben dir dafür alles Unrecht, das du uns zugefügt hast.*

Aufsteigende Tränen schnürten mir die Kehle zu. Irgendwie tat mir der Köter leid. Hippie hätte ihn nicht treten sollen, hätte es einfach nicht tun sollen ...

– Beruhig dich, er ist doch schon tot. Dreh hier nicht durch.

– Fuck you!

Hippie sah mich mit nassen Augen an, stand auf und schleppte sich gekrümmt den Weg entlang. Er schluchzte krampfhaft.

Irgendwie ging es mir gegen den Strich, Djuk liegen zu lassen: Wer weiß, vielleicht lebte er noch? Ich unterdrückte die Tränen und holte Hippie ein. Er hatte sich etwas beruhigt.

– Sag bloß Dswinka nichts davon, hörst du? Daß ich ausgerastet bin. Mir steht einfach alles bis hier.

– Schon gut ... Außer ihr gibt es auch niemand, dem ich es erzählen könnte ... Und ihr sag ich es nicht. Alles paletti, Alter!

– Gehen wir zu dir, ich brauch was zu beißen.

Drittes Kapitel

1.

Nach dem Zwischenfall am Friedhof und der Szene mit Djuk war Hippie reif für eine Reise zu seiner Tante nach Terebowlja, nach Quatschenbrunn, Timbuktu, Staat Alaska, Arsch-der-Welt, Staat Texas, Antananarivo oder Honolulu oder Thiruvanathapuram, Staat Maharashtra, Indien. Ich begann mir Sorgen um ihn zu machen. Um seine psychische Gesundheit, genauer gesagt.

Die Tante aus Terebowlja oder Quatschenbrunn oder dem fernen Thiruvanathapuram, Staat Maharashtra, ist bestimmt ganz aus dem Häuschen. Endlich wird sie ihren geliebten Neffen aus Midni Buky, Gebiet Lemberg, kennenlernen, den sie zum letzten Mal gesehen hat, als er ganz ganz klein war (sie zeigt es mit dem Ende ihres schmutzigen Fingernagels). Natürlich wird sie sich etwas am langen Haar ihres Neffen stoßen, aber im großen und ganzen ist es wunderbar: Der Glatte Hippie wird den Kirschkuchen genießen, sich den Bauch mit Himbeersuppe vollschlagen, die nach einem speziellen Terebowljer, Quatschenbrunner oder Thiruvanathapuramer Rezept zubereitet wird. Er wird sich in der Sonne suhlen, im Sereth schwimmen oder in der Poltwa oder in einem Wasserloch oder im Brahmaputra oder was es dort sonst noch gibt. Und das Wichtigste – er erholt sich von Fedja. Er wird mit der Terebowljer Brut »1, 2, 3, abgepaßt« spielen oder vielleicht Maharishi Mahesh Yogi treffen oder einen alten, weisen Mahatma oder einen anderen Guru. Oder Sesei. Oder niemanden treffen und mutterseelenallein sein. ABER OHNE FEDJA!

Ich dachte, Dswinka und mir würde ein bißchen Erholung von dem absurden Drama, das gerade lief, auch nicht schaden. Wir beschlossen, in den Wald zu gehen, in die Berge. Dswinka erzählte, daß dort auf einer Mordshöhe ein super See sei – der Mondsee. Er heißt so, weil sogar bei Neumond der Grund zu sehen ist, so klar ist das Wasser. Dswinka hatte allerdings ihre eigene Version: der See trug seinen Namen zu Ehren von Sigfrieda, der Tochter der fürchterlichen Hexe Jadwiga; als diese bei Mondschein ins Wasser stieg, setzte ihre erste Monatsblutung ein. Bei allen Jungfrauen, verkündete Dswinka, geht es sofort los, sie müßten nur aus dem halben Augenwinkel aufs Wasser blicken.

– Du mußt es wissen, – kommentierte ich philosophisch.

Wir nahmen jeder einen Schlafsack und einen Rucksack mit und verschiedenste, auf einer Wanderung völlig unbrauchbare Dinge: beginnend mit Fleischwolf und Feuerlöscher, über eine gußeiserne Fünf-Kilo-Hantel bis zu einer »Druschba 2«-Säge mit zwei Griffen.

Doch zuerst mußte ich Dswinkas Eltern RUMKRIEGEN. Pani Wira war eine liebenswürdige, stille Frau um die fünfzig, Pan Jurko ein liebenswürdiger, stiller Herr, ein Jahr älter. Nur die zwanzigjährige Schwester Kwitusja war eine dumme Fotze, wie man sie selten findet. Aber dem Herrgott (dem Herrn Gott?) sei Dank, beißt sie jetzt auf den Granit der Wissenschaft an der Kiewer Mohyljanka.

In all ihrer Stille und Liebenswürdigkeit waren die Alten stur wie Esel.

»Nein, Pan Mychajlo«, sagen sie, »Dswinka geht nicht mit Ihnen in die Berge, neinnein, die Tochter unserer Bekannten ist mit den Pfadfindern in die Berge gegangen, hat sich den Kopf gestoßen und ist erblindet, neinnein, Pan Mychajlo, wir können Ihnen unsere Tochter nicht anvertrauen, unsere Freude, unsere Kalyna-Blüte, unser Zuckerstückchen, unser Glöckchen, versilbert, mit Gold beschlagen, Kwitunja ist in Kijów, kommt uns fast nie besuchen, deshalb würden wir mit unserer Ihnen, Pan Mychajlo, so leichtfertig anvertrauten Dswinka auch den Glauben an das Morgen verlieren, an jeden neuen Tag, an unsere strahlende Zukunft, an Krawtschuk, Tschornowil, Wałęsa, Maharishi Mahesh Yogi, Carlos Castañeda, Theun Mares, Taisha Abelar, Don Juan, die Sklavin Isaura, Jiddu Krishnamurti, Ortega y Gasset, Manuel Marulanda, A. Ch. Bhaktivedanta Swami Prabhupada, Mahasamatman und Huizilopochtli und Quetzalkoatl zusammen genommen. (Beifall.)

Ja, mehr noch! Mit unserem Schätzchen würden wir den Glauben daran verlieren, wofür unsere Eltern gekämpft haben, indem sie bei Kruty ihre blutjunge Brust dem Bajonett betrunkener Matrosen darboten! (Anhaltender beifall.)

Wir verlieren den Glauben an Onkel Chmel, Vater Taras, verlieren den Glauben an den Steinbrecher und den Ewigen Revolutionär, den Glauben an die Sängerin der Morgenröte, an Stus, die erschossene Renaissance, an den »Kobsar«, an »Mahabharata« und »Ramayana«, an das Lemberger Bier, die Kljumba* und den Fußballklub »Karpaty«! (Stürmischer beifall.)

Bei allem Respekt Ihnen gegenüber, Pan Mychajlo, er-

* Platz um das Schewtschenko-Denkmal im Zentrum von Lemberg, Versammlungsort politisch aktiven und nationalbewußten Packs.

lauben wir unserem Spätzchen nicht, mit Ihnen in die Berge zu gehen – nein, nein und noch mal nein! (Stürmischer, langanhaltenderbeifall.)

Genossen! Seit der große Lenin unsere Partei gegründet hat, verfolgt sie klar den von ihm gewiesenen Weg des Aufbaus von Sozialismus und Kommunismus. (Beifall.)

Die Einheit der sozialistischen Gemeinschaft, aller revolutionären Kräfte unseres Planeten und unseres Dorfes soll weiter wachsen! (Langanhaltenderbeifall derinovationenübergeht.)

Ruhm und Ehre unserer Lenin-Partei! Ruhm dem großen sowjetischen Volk! (Stürmischerbeifall.)

Es lebe der Kommunismus! Es lebe die Welt! (Unter denkuppelndessaalesverstummendie ovationenlangenicht. Alleerhebensich. Es ertönenzwischenrufe: »Es lebe die Ka-Pe-de-Es-U«, »Dajosch Traktor!«, »Ruhm dem Leninistischen Zentralkomitee«, »Fünfjahresplan in drei Jahren!«, »Ehre dem General Roman Schuchewytsch!«, »Es lebe die unerschütterliche Einheit von Partei und Volk«, »Hoch Josef Wissarionowitsch Stalin – Hurra!«, »Ruhm! Ruhm! Ruhm! Hurra!«)

Nach dem lang anhaltenden Beifall beginnt Dswinka, die sagt, daß nein, Papa, nein, ich gehe mit Mychasko in die Berge, wir sind nicht lange weg, morgen früh brechen wir auf, übermorgen sind wir wieder zu Hause, wir stoßen uns nicht die Köpfe und werden nicht blind wie Ira Moskalez, die ist ein Krüppel und kann kaum geradestehen und ist mit den Pfadfindern in die Berge gelatscht, denn Bodja Sison war auch dabei, und wir werden in der Nacht nicht nackt baden, denn Mychaskos Bruder Orko ist dabei, er studiert in Lemberg, seine Kommilitonen gehen gerade in die

Berge, sie sind alle Patrioten und Mitglieder, na ja, der UNA-UNSO eben, und alle haben sie einen Oseledez und sind bescheiden-freundlich-wohlerzogen, und dort gibt es gar keinen See, ich kann also nirgends ertrinken, und wir nehmen allen Müll wieder mit, damit du siehst, daß wir keinen Dreck gemacht haben, EHRLICH.

Daß mein Bruder Orko zur Zeit in Polen mit gefakten Klamotten aus der Türkei handelte, verschwieg ich wohlweislich. Und würde er kommen, dann nur mit Baby und dieser Zicke, die er sich unvorsichtigerweise aufgehalst hatte.

Im Plenum ergriff Pani Wira das Wort; eher an ihren Mann gewandt, tat sie kund, daß Dswinka und Mychas sehr gut befreundet seien, und ans Meer würden sie wegen der Hyperinflation dieses Jahr offensichtlich nicht fahren, wieso soll sich unser Püppchen also nicht in guter Gesellschaft, mit der Blüte der Nation, der Hoffnung der Nation, von der Hitze erholen, anstatt mit der hiesigen russifizierten moskophilizierten Jugend in Midni Buky zu hocken, im aufgeheizten Haus. »Außerdem, – fuhr sie fort, – kennen wir Mychas nicht erst seit gestern, Jurko; wir kennen ihn als höflichen, stillen und braven Jungen, der niemals die Stimme gegen unsere Kleine erheben würde, sich immer wie ein gesitteter Kavalier benimmt, er hat (ist dir das denn entgangen?) diese anständige Intelligenz, von der meine Mutter erzählte, und die die gesamte galizische Vorkriegsjugend besaß, Proletarier wie Adelige – nur Halunken nicht, und die uns dank der Befreier – der *oswoboditjeli* – durch die Lappen ging, Jurko, außerdem ist zu Hause nicht allzuviel zu tun ...«

Ich, für meinen Teil, verstand, woher der Wind wehte, und versicherte, daß Panna Dswenislawa zwei Tage in der

Gesellschaft nationalbewußter Jugendlicher verbringen würde, in der sich mein Bruder Orest ohne Zweifel großer Autorität erfreute wie auch ihr ergebener Diener und wo man zur Gitarre nicht brutale moskowitische Lieder nach dem Vorbild »Ich habe meine Mutter massakriert«, sondern echt ukrainische Perlen der kosakischen und aufständischen Kunst singen würde. Amen.

Ah, fast hätte ich es vergessen: Jede Viertelstunde deklamieren wir Schewtschenkos »Traum« und »Das geplünderte Grab«, und stündlich singen wir die Nationalhymne der Ukraine (Text: P. Tschubynskyj, Musik: M. Werbyzkyj).

Pan Jurko versuchte noch etwas über verdammte Iwans, die sich in Werwölfe und Vampire verwandeln, einzuwerfen und so eine Kacke... Vampire, Fledermäuse, Waldschrate, Nymphen, Nixen, Tschuhajstry, Reißteufel, Koloboks, Kapitoschkas, Kotyhoroschkas, Poltergeister, Tscheburaschkas... Der Sieg war unser.

2.

Wir wollten wirklich in zwei Tagen zurück sein: einen Tag unterwegs, am Abend am Ziel, am nächsten Mittag Aufbruch.

Dswinka verkündete autoritär, sie kenne den Weg dorthin beinahe gut.

– Und wir stoßen dort nicht zufällig auf einen Haufen Touristen, mit Autos, Musik, Tussies?

– Willst du mich verarschen, Misko? Von dem See wissen zwei, drei Leute, mehr nicht. Ich wollte ihn Morrisonsee nennen, aber die Legende besingt ihn als Mondsee.

Angeblich hat die Tochter von Jadwiga ... und so weiter. Ehrlich, so hat es uns dieser Huzule erzählt.

– Fleischwolf und Hanteln nehmen wir mit?

– Und die gesammelten Werke von W. I. Lenin auf uguisch.

Diese Dswinka war ein cooles Mädel, liebenswürdig und ohne Macken. Sie verstand meine saublöden Scherze und liebte den Schwachsinn, den ich manchmal (d. h. sehr oft) von mir gab. Ich konnte mit ihr über vieles reden, ohne mich vor Aufregung zu verhaspeln oder rot zu werden. Mit anderen Mädchen war es unglaublich schwierig. Sie hielten mich für einen Langweiler. Vielleicht vergötterte Dswinka Langweiler. Mit einem Wort, Dswinka war ein Mensch, mit dem man jeden Abend auf der warmen Terrasse sitzen und die Sonne bewundern könnte, die die nebelverhangenen Berge küßt. Es war super, abends mit ihr über die Brücke am Fluß zu spazieren, die Wärme ihrer Hand in meiner zu spüren und die satte Glut, mit der sich der Beton der Brücke im Laufe des Tages aufgeheizt hatte, zu spüren, wie er die Hitze in weichen Wellen abgab in die zarte und vom Duft der Gartenlevkojen und blühenden Linden gesättigte Abenddämmerung.

Wir teilten auf, wer das Dosenfleisch tragen sollte, wer den Buchweizen, wer die alten Kartoffeln (solche, die sich gut im Feuer braten lassen), wer das Brot, das Wasser usw.

Das Geheimnis unserer Route wollte Dswinka mir erst im allerletzten Moment verraten. Wir verabredeten uns für Punkt sieben Uhr morgens auf der Brücke.

3.

Am Abend packte ich meinen Rucksack, ich hatte heroisch angeboten, den Löwenanteil des Proviants und den Kessel zu übernehmen. Wir hatten echte Bergrucksäcke. Glaubt mir: Die Sowkow-Seesäcke waren von der fünften Abteilung des KGB hergestellt worden, um den kleinsten Funken Freidenkerei und Freiheitsliebe unter den Wanderern zu ersticken. Mein Vater hatte, als er noch in Novi Sad lebte, einen geilen tschechischen Rucksack gekauft – mit zehntausend Riemchen, Taschen und Schnallen, die ein millimetergenaues Anpassen an meinen sündigen Touristenkörper erlaubten.

»Nimmst du immer Kondome auf Wanderungen mit?« – erkundigte ich mich bei mir selbst, als ich den Überzieher in eine Tasche des Wanderrucksacks gleiten ließ.

»Nein, wieso denn, nicht immer, nicht immer, nur wenn ich an das Schicksal des armen Orko denke.« Beim Einschlafen sah ich den fast vollen Mond, der mich wie ein blindes Auge frech durchs Fenster betrachtete.

4.

Dswinka saß am Brückengeländer und lachte mir fröhlich entgegen. Der vollgestopfte Rucksack stand einsam zu ihren Füßen und erinnerte an das traurige Schicksal eines zu Tode verurteilten Stierkalbs, das sich fürchtet, von Mamas Seite zu weichen.

– Elf Kilo, – sagte sie nicht ohne Stolz. – Ich sehe, du hast außer Lenins Werk noch deine Schreibmaschine eingepackt.

Widerspruch war sinnlos: Fünfzehn Kilo sind auch in einem Wanderrucksack fünfzehn Kilo.

Ich half ihr den Rucksack zu schultern. Und wir brachen auf. Brachen auf und ließen die kommende Hitze, den schlafenden Fedja, meine Datscha und die Erinnerung an das eigene »Ich« in der Stadt zurück, im Licht der ausgehenden Morgendämmerung.

Wir zogen los.

5.

Hätte sie mir gestern von unserer Route erzählt, erklärte Dswinka, dann hätte ich sie wahrscheinlich zum Teufel geschickt. Aber ihren zehnminütigen Bericht über die Ethnogeographie der Karpaten um Midni Buky hätte ich nicht als komplett sinnlos bezeichnet. Eher sogar als sehr brauchbar... Und wenn man bedenkt, daß er von einem Mädchen stammte, das sich im eigenen Haus nur mit Mühe orientieren konnte, war er ausgezeichnet.

Wir gehen also bergauf, schlagen einen geheimen Weg ein, auf dem wir das Dorf Hyzli erreichen, von dort immer weiter bergauf bis zum legendären Städtchen am Paß – Wowtschyska. Dann schlagen wir uns ein paar läppische Kilometer durch undurchdringliches Dickicht und kommen auf eine kleine, geheimnisvolle Alm und – plötzlich (ha, da staunst du!) – sind wir auf dem Kamm. Und weiter wie auf dem Prospekt Swobody.

Dswinka hatte seit dem Morgen echt super Laune. Sie gab verschiedenste Gustostückchen aus den Stories der Gegend zum Besten.

Wir stiegen einen fast zivilisierten Bergpfad höher und

immer höher. Ich lobte Dswinka, daß sie Jeans angezogen hatte und nicht Shorts oder – noch dümmer – ein enges Mini-Röckchen. Quatsch... Dswinka würde im Leben keinen Mini-Rock tragen. Mini-Röcke waren etwas für Arschlöcher, wie Schaschlyk mit Musik und Tussies. In meiner Schule in Lemberg gibt es solche Mädchen. Sie zwängen ihre festen Schenkel in die engen Stofflappen und sind sich wohl nicht bewußt, daß sie darin aussehen wie abgeschnürte Würste. Aber angeblich gefällt den Pazany diese Art von Exotik.

Dswinka trug hohe Schnürstiefel, im Fachjargon »Doc Martens« und im Volk – »Böcke«. Sagt mir bitte, wo ihr noch ein Mädchen in »Böcken« gesehen habt? Also, falls ihr so eine gesehen habt, die auch noch hübsch ist... Falls ihr sie gesehen habt und zufällig auch ihren Kumpel, dann waren das Dswinka und ich.

Das Wandern hatte mir Arsen Nera beigebracht, dem wiederum sein Bruder Pawlo Nera und dem Petja Dupa persönlich.

Petja Dupa war unser geistiger Führer, außerdem Anhänger und Zeuge von Iron Maiden, Pantera und ukrainischem Punk. Derzeit gehören die oben Genannten zur Generation der ersten Neophyten der Naz-Punk-Kultur. Sie tragen Kosakenhüte – sogenannte Tschupry – auf ihren glattrasierten Köpfen und lassen sich keinen Fackelzug entgehen. Alle Wanderweisheiten habe ich also von meinem Guru Petja Dupa. Und wundert euch nicht, daß unsere Rucksäcke voll waren: Wir hatten eine zusätzliche Garnitur Wäsche, warme Socken und sogar Windjacken dabei, obwohl der Himmel wolkenlos war, und eine komplette Apotheke, von Analgin und Kohletabletten bis zu

Sulgin, Penizillin und Vitamin C. Denn so lehrte es Petja Dupa, so lehrte es Afanasij Nikitin und auch der große Weltenbummler Zhang Qian.

– Mychasko, weißt du, was die Gleise da bedeuten?

Dswinka zeigte auf uralte schmalspurige Gleise, die zwischen Farn und Gras unter unseren Füßen zum Vorschein kamen. Soviel ich wußte, führten sie an zwei örtlichen Naturwundern vorbei – an einem zwei Meter hohen Ameisenhaufen und einer Sumpflandschaft. Aber dem Tonfall nach zu urteilen, wollte Dswinka s e l b s t erzählen, was es mit diesen Gleisen auf sich hatte.

– Paß auf. Früher war Midni Buky ein vergessenes Dorf und hieß Lypynzy. Aber um tausendundirgendwas kam ein Herr ins Dorf. Er stellte sich ein cooles Palästchen hierher, rauchte auf der Terrasse seine lange Pfeife und kniff die Dienstmädchen in den Po. Einmal jagte er in den Wäldern seines Anwesens. Und irgendwo hier traf er auf einen reißenden Waldbach, und in diesem Bächlein lag eine riesige, vom Sturm entwurzelte Buche. Der Möchtegernherr stieß einen leisen Fluch aus und ging auf Zehenspitzen zu dem Baum. Es stellte sich heraus, daß der Baum aus Holz war, aber mit einer dünnen Schicht KUPFER überzogen.

Bei diesen Worten blickte mich Dswinka an, um sicherzugehen, daß die Geschichte den erwünschten Eindruck hinterließ. Ich öffnete den Mund, um zu zeigen, daß ich vor Anspannung fast ohnmächtig wurde, und nahm ihre Hand. Sie lächelte und fuhr fort:

– Der Möchtegernherr hatte die Hosen gestrichen voll! Behauptete, dies sei das Werk irgendwelcher Nymphen-Nixen und Spiritisten-Satanisten. Er suchte eine Hexe auf,

Sekleta war ihr Name. Baba Sekleta sagte zu ihm: »Schöner Jüngling, ich weiß, wieso du gekommen bist, ich weiß... Aber ich sage es dir nicht. Denn ich kann nicht.« Dem Herrn, er war schon in die Jahre gekommen, gefiel es, daß ihn die Alte eine Schönheit nannte, er gab ihr einen Korb mit gefärbten Eiern, drei Kränze hausgemachter Wurst... Nun begann die alte Schnepfe zu schwanken. Sagt, daß es ihr gelingen könnte, etwas über diese Nymphen-Nixen herauszufinden. Da schob der Herr noch eine Schüssel Schweinsfilets nach und ein Fäßchen billigen Schnaps, damals bekannt als Fusel. Lange zierte sich diese Sibylle, aber schließlich ging sie mit ihm an den verzauberten Ort. Wahrscheinlich nicht ohne einen kräftigen Arschtritt des Möchtegernherrn.

Sie kamen zu der Buche und gingen am Fluß bergauf. Und dort fanden sie nicht eine, sondern SIEBEN umgestürzte Buchen. UND ALLE IN KUPFER! Sogar das Moos unter ihren Füßen war verschwunden, doch sie gehen immer tiefer in den Wald. Schon sind die Steine im Bachbett kupfern, erst hier stoßen sie auf eine Höhle, in der der Bach entspringt. Sie gehen mit einer Fackel hinein und DORT!... In der Ecke der Höhle ein menschliches Skelett, vom Wasser umspült, UND ES IST VON KOPF BIS FUSS AUS KUPFER, WIE EIN TEEKESSEL!

Dswinka blickte mich wieder an, ich ächzte vor Begeisterung.

– Baba Sekleta lamentierte dort noch lange, murmelte Beschwörungen und sagte am Ende, daß sie keine Lizenz oder besser Legitimation zum Hexen in hochgelegenen Regionen habe. Als der Herr sah, daß sich seine Investition in die alte Hündin nicht gelohnt hatte, befahl er, sie zu rädern. Wie könnten wir den Herrn eigentlich nennen?

Such's dir aus: Pedko, Tereschko, Schelifon, Lesko, Oleschko oder Sison ...

– Hm! Nehmen wir Panko!

– Und einmal kam ein guter Mensch in diese Lande, Radomyr aus Pusti Myty, besser bekannt als Radomyr Strahlender Mond. Dieser gute Mensch stellte sich dem Herrn vor und sagte, es verhalte sich so und so und daß er – der Hofwahrsager von Seiner Majestät König Ludwig XVII. – jetzt herumziehe, denn Seine Erhabene Hoheit habe ihn aus der Monarchie verbannt, wegen dunklen Wissens und schwarzer Magie, Dämonologie und Nekrophilie oder so ...

– Vielleicht Dämonologie und Nekromantie? – fragte ich.

– Ja, ja, Nekromantie und Zoophilie ... Und unser Herr war gerade nicht bei bester Laune. Denn die Baba hatte am Rad kaum ihren Geist ausgehaucht, als das Volk schon mäkelte: Wer, sagen sie, wird unseren Kindern die Warzen weghexen und wer aus Ziegenscheiße lesen? Sie vielleicht, Pan Panko? Mit einem Wort, dämliches Bauernvolk. Dieser Hellseher kam also überaus gelegen. Er zog in Sekletas Hütte. Blieb dort und scherte sich um nichts. Bald hörte der gute Mensch von den sonderbaren kupfernen Buchen, die im reißenden Bach ihre Äste badeten. Verdammt, war der vielleicht ein kluger Kerl, denn er erkannte, daß dort Kupfer liegen müsse. Er rief ein paar starke Jünglinge aus dem Dorf und jagte sie, indem er ihnen mit männlicher Schwäche im Bett drohte, dorthin. Die Jungs begannen die Felsen zu schlagen, bis ... »SCH ... EIBENKLEISTER!« – dachten die Jungs. »COVELLIN!!!« – dachte Strahlender Mond. Fettig glänzendes, blaues Erz noch und nöcher! So gründete also Radomyr aus Pusti Myty die erste Kupferschmelze in der Gegend. So war das.

– Und weiter? – fragte ich und blinzelte in die durch die Föhrenkronen fallende Sonne.

– Und weiter ... Es ist viel Wasser geflossen seit dieser Zeit ... die Schläfen sind grau geworden ... Schon sind die zahlreichen Kinder des guten Menschen gestorben, und auch die Enkel sind nicht jünger geworden. Es kamen die Österreicher und industrialisierten, was das Zeug hielt. Und innerhalb von vierzig Jahren haben sie bis zum letzten Körnchen alles herausgeholt. Damals wurde Lypynzi in Midni Buky umbenannt, und viele österreichische Herren sind in diese blühende Provinz gezogen. Verstehst du, unsere Stadt erlebte einen Höhenflug, nicht wie jetzt – ein Dorf ohne Dorfrat. Das Kupfer ging aus, und nach den Österreichern begann sich die galizische Intelligenzia anzusiedeln. Das Dorf verwandelte sich in einen eigentümlichen Ferienort für junge Herren, und darum baute man das Bordell »Hôtel de la Rouge«. Aber die Jünglinge sahen bald, daß es hier keine Bälle und Events gab, und statt der jungen kamen alte Widerlinge mit polnischem Blut und dicken Geldtaschen.

– Ist es nicht zufällig dieses Pensionat, aus dem die Sowjets ein Mädcheninternat gemacht haben?

– Genau! Und ein kleines Mädchen, das das vokalinstrumentale Ensemble Doors liebte, nannte es dann Hyazinthenhaus. Und zwei Bürschchen aus Midni Buky nennen das Gebäude genau so, wenn sie sich bei ihr einschleimen wollen.

– Coole Story. Erzähl noch eine ...

– Nöö, Mychasko, jetzt bist du dran.

– Na gut, eine Horrorgeschichte. »Das Haar« ... Es war

einmal ein Psychiater, zu dem kam ein Mädchen mit kirschrotem Haar.

So gingen wir. Eine Geschichte, dann die nächste und noch eine …

Ich spürte, wie die Last auf den Schultern schwerer wurde; Dswinka war schweißgebadet, ihr dunkles, zu einem Pferdeschwanz gebundenes Haar sah feucht aus. Jede Stunde machten wir eine Pause: tranken einen Tropfen Wasser, gingen zwei Minuten barfuß, um unsere Füße auszulüften, halfen einander in die Rucksäcke und zogen weiter. Dswinka schlug ein paarmal vor, eine Kleinigkeit zu essen, aus reiner Gewohnheit, nicht aus Hunger. Mit vollem Magen wären wir nicht weit gekommen. So lehrte es Petja Dupa und so lehrte es Raoul Amundsen.

6.

Wir passierten das Dorf Hyzli. Ein ganz normales Dorf, unauffällig, bis auf den penetranten Güllegeruch vielleicht. Vorläufig führte uns Dswinka meisterhaft auf der angekündigten Route. Im Dorf glotzte man uns an wie Idioten, was in dieser Gegend als Synonym für Wanderer galt. Wir gingen die einzige Straße entlang, an beiden Seiten standen Häuser mit Bänken davor. Einige ältere, mit Gartenarbeit beschäftigte Frauen sahen uns nach, wie wir gingen, uns an den Händen hielten, mit großen Rucksäcken auf den Schultern, in Militärstiefeln, in zerlöcherten, ausgebleichten Jeans – und warfen sich vielsagende Blicke zu. Dswinka wurde anscheinend als Schlampe-Nutte-Göre eingestuft und ich eindeutig als Homo. Weil wenn dieser Türke kein Homo ist, wieso hat er dann lange Haare?

Mit dem Vorsatz, die älteren Bojkenweiber zu ärgern, pflückte ich an einem Zaun drei große Kamillen und steckte eine davon an Dswinkas Rucksack, die zweite an ihr weißes Trägertop (Herrschaften noch mal, wieso trägt dieses Mädchen keinen BH?) und die dritte hinter ihr Ohr. Dswinka küßte mich im Gegenzug genüßlich auf den Mund.

Die alten Babas hörten sogar auf zu jäten. Der Schlag soll mich treffen, wenn sie jemals eine ähnliche Frechheit erlebt haben. Die Bojkenweiber tauschten vielsagende Blicke. Solche Früchtchen wie uns hatten sie bestimmt noch nie zu Gesicht bekommen.

Dswinka riß ein paar Kornblumen ab und schmückte mein Haar und meinen Rucksack. Für die Hippies waren Blumen ein Symbol des Friedens und der Liebe. Sie steckten Kamillen in Gewehrläufe und wurden von den Soldaten dafür abgeknallt. Vielleicht sollten wir den Sommer 1993 als Sommer der Liebe ausrufen?

Wir tauchten in das grüne Unterholz. Wieder ging es bergauf. Nach zwanzig Minuten kamen wir völlig unerwartet auf eine kleine Lichtung mit einem See und einer schmucken Hütte direkt am Wasser.

– Ist es das? – fragte ich und versuchte meine Enttäuschung über die Spuren der Zivilisation zu verbergen. Der See war ganz nett, keine Frage, aber die Leute, die Hütte ...

– Absolut falsch! Das ... Das ist eine vollkommen NEUE STORY!

Ich liebte es, ihren Wander-Märchen-Stories zu lauschen: Dswinka hatte die Ausstrahlung eines Vorgebirgserzählers. Ich spitzte die Ohren.

– Also, es war so. Vor langer Zeit, noch unter den Sowjets, lebte in Midni Buky ein Mann, Jewhen Balij, auch bekannt als Genjo Baljej oder Judschyn Belju, ein Verwandter des berühmten Adrijan Balij oder richtiger Adrian Belew, des Gitarristen der Gruppe King Crimson. Er spielte Saxophon, genau wie ich. War ein begabtes Bürschchen und ging aufs Lemberger Konservatorium ... Kurz, er hatte ein geiles Leben, geboren war er in Polen oder in der Tschechoslowakei. In der U-de-eS-eS-eR jedoch herrschte die Meinung, daß es vom Saxophon ans Messer nur ein Schritt sei. Du weißt selbst: »Heute hört er Jazz, morgen verrät er die Heimat.« Und der Tschuwak konnte nirgends Arbeit finden, nur auf Hochzeiten dudeln und auf Wanderungen spielen. Aber eines Tages, – Dswinka hob bedeutsam den Finger, um etwas Extraordinäres anzukündigen, – also, eines Tages traf er einen Typen, der einen Saxophonisten für seine Jazzband suchte. Dieser Macker war ausgerechnet ein Pole und hieß Maurycy Irgendwie. Maurycy führte Genyk in das Restaurant »Romantik«, lud ihn zum Essen ein, und innerhalb weniger Minuten wurde Maurycy klar, daß Genyk einverstanden war, noch heute Abend nach Kazimierz Dolny zu fahren. Dort, in Polen, gründeten sie die Gruppe »Pocket-House Blues«. Genyk sagten sie, er sei ein ungeschliffener Saphir, oder so was Ähnliches – ein cooler Kleiner eben. Und nach anstrengender Arbeit in Kazimierz, Schwestern-Wasyljanok-Straße 149, begannen sie Konzerte zu geben. Na ja, und die Sache lief an. Siebzehn Jahre jazzen sie schon um die Welt. 1989 verschlug es sie sogar nach Midni Buky. Und Genyk selbst hat uns das alles erzählt. Jetzt hat man sogar die Straße, in der er wohnte, in Schwestern-Wasyljanok-Straße umbenannt, wenn auch unklar bleibt, wozu. Aber das sieht uns verdammt ähnlich.

Schließlich ist das alles Kacke; du weißt ja, daß es in

Midni Buky ständig Konflikte zwischen uns und den Moskowitern gibt oder besser, den Moskophilen. Die Ostler in der Stadt wollten nicht, daß »Pocket-House Blues« ein Konzert gibt, denn das rieche nach »Tendenzen des dekadenten Westens«. Als die Unsrigen merkten, daß die Ostler das nicht cool fanden, leisteten sie Widerstand. Mit einem Wort, während die gesamte progressive Jugend und andere Herumtreiber im Klub saßen und »Summertime desperation« hörten, tosten hinter den Mauern ungesunde Gefühle, die fließend in Keilereien übergingen. Die Unsrigen unterschätzten ihre Kräfte und brachten Metallknüppel und abgeschnittene Rohre zur Demo mit. Damals erschlugen sie einen Mann, und vier weitere starben in der Reanimation an schwerem Schädel-Hirntrauma. Das war wahrscheinlich der größte Konflikt nicht nur zwischen *uns* und *ihnen*, sondern in der Geschichte der Ansiedlung überhaupt.

– Ernsthaft? Ich meine ... daß fünf starben? Zu wem gehörten sie denn?

– Der ganze Witz liegt darin, daß drei überhaupt nichts mit der Demonstration zu tun hatten. Die Nationalisten haben sie unabsichtlich umgelegt.

– Und die anderen zwei?

– Russischsprachige Ostler. Aber der Hund lag nicht in den zwischenethnischen Vorurteilen begraben. Diese Demo erwies sich als perfekte Gelegenheit, private Angelegenheiten zu regeln. Ein hübscher Vorwand. Man kann sich hinter einem hehren Ziel verschanzen ... *Ferstän*?

– Und welche Rolle spielt die Datscha dabei?

– Die Datscha wurde wiederholt zum Krisenherd. Die Iwans wollten nicht, daß der fahnenflüchtige Banderowez mit seinem Geld hierherkam. Es war einfach Neid. Er brachte alles Material aus Polen, stellte eine Bude auf und verbringt jetzt seine Winterferien immer in den Karpaten. Übrigens, wenn's hier eine Hütte gibt, ist auch Wowtschyska nicht weit.

Endlich machten wir eine Pause. Eine lange, eine super Pause. Wir aßen ein paar Äpfel aus der Obstbaumschule der Olelkys – Dswinka wußte, daß mir Klaräpfel alles andere als gleichgültig waren. Es war super angenehm, barfuß und an die total fertige Dswinka gelehnt, auf der trockenen, mit Nadeln bedeckten Erde zu sitzen und an einem kalten, saftigen Apfel zu knabbern. Meine Füße ächzten, als ich sie zum wiederholten Mal in das aufgeheizte Leder der »Doc Martens« zwängte. Der schmale, kaum sichtbare Pfad existierte praktisch nicht, was blieb, waren die Nadeln mit ihrem scharfen Aroma, gigantische, ausladende Farnbüschel und die feuchte Schwüle des Waldes. Und Riesenföhren mit stechenden Kronen, die von den Karpaten und der Freiheit sangen.

Plötzlich mündete der Pfad in ein Weglein, dieses in einen ausgetretenen Weg, der ging wiederum in eine asphaltierte Chaussee über. Chaussee ist natürlich zu pompös für diese löchrige, unebene Asphaltstraße, aber das war schon »Zivilisation«.

– Dswinka, gib doch zu: wir kriegen kaum mehr Luft.

– Durchhalten, durchhalten! Wir haben noch einmal so viel vor uns... Hi-i-i-i!!! – Dswinka zog begeistert Luft ein. Sie zeigte mit der Hand hinter mich: – Schau, Mychasko! Schau, wie weit wir schon sind!

Ich drehte mich müde um, mit dem ganzen Körper.

– Wow! – jegliche Müdigkeit fiel von mir ab, denn die sich eröffnende Landschaft war wahrlich ein Wunder.

Mächtige Berge, jahrhundertealte Bäume, die sogar in dieser Wahnsinnshöhe kaum schwankten. Weit unten, im weißen Dunst, lag wie eine Familie von in den Boden gewachsener Schildkröten unser Midni Buky, so klein, daß Bäume und Häuser verschmolzen. Die Stadt war an drei Seiten von Bergen umgeben wie von Schutzmauern. Und Wälder... Wälder. WÄLDER. – Wenn Holzfäller kommen, – fiel mir ein, – Holzfäller mit ihren tobenden Kettensägen, mit ihren Nöten und miesen Löhnen, mit ihren geschmierten Broten und hart gekochten Eiern, eingewickelt in eine alte Ausgabe von »Für eine freie Ukraine«... verschwindet dieser zerstoßene Smaragd. Einfach so.

– Schau dort, Mychasko, – flüsterte sie mir begeistert zu und zog mich an der Hand. Auf unserer Höhe, in der Nähe des benachbarten Gipfels, hing (oder schwebte?) ein Adler. Zog große fließende Kreise, ohne ein einziges Mal mit den Flügeln zu schlagen.

Ich umarmte Dswinka. Er offenbarte sich uns, DER GALIZISCHE TRAUM, die fixe Idee jedes Galiziers, Balsam für die Seele, ein Bild, das Ekzeme heilt, Neurosen behebt und ein phantastisches, aber deswegen nicht weniger prickelndes Glücksgefühl schenkt. Es hatte keinerlei Bedeutung, welche Prüfung das Schicksal für uns bereithielt. Wenn man das Bild sieht, das wir sehen, verliert alles an Gewicht, du fühlst dich als Teil, winziger Teil der Karpaten und spürst, wie die geheimnisvollen grauen Gedanken der Natur sich irgendwo hier regen, neben dir und mir, und alles rundherum füllt sich sofort mit Symbolen, Zeichen und Prophezeiungen, und du wirst zu einem unabhängigen Ding-an-sich, du spürst, daß du fliegen kannst.

7.

Wowtschyska schien, im Gegensatz zu Hyzli, ein Städtchen mit Kultur zu sein, ja sogar mit Anspruch auf Europäizität. Schmale, saubere Gehsteige, alljährliches Jäten der Wege (damit der breiteste T. I. R. durchkam) und alte ausladende Linden, die blühten. Die Stadt war simpel wie eine Tür: eine breite Hauptstraße – die Technitschna-Straße, zwei Parallel- und zwei Querstraßen. Sogar auf dieser Höhe setzte die Hitze ihre endlose Orgie fort und hielt die charakterschwachen Säulchen in den Thermometern im Zustand einer permanenten Erektion.

Wir passierten die Kneipe »ZUM BOCK«, den Laden »Tausend Kleinigkeiten« (»Scheußlichkeiten« – korrigierte Dswinka, nachdem sie den Laden besucht hatte), kamen auf den unerhört sauberen, von Laternen gesäumten Platz. Dieser war im ganzen Umfang mit in Wolltücher gehüllten Omas bedeckt, die Milch in Drei-Liter-Gläsern verkauften, Käse, gelbe fette saure Sahne, Eier, Brombeeren, Herrenpilze und Petersilie.

Als wir ein leeres Postament (vielleicht das Denkmal eines unsichtbaren Menschen?) passierten, sahen wir, daß der Weg steil nach unten führte; Dswinka erklärte überzeugt, wir müßten noch ein Stück bergab, danach kurz bergauf und uns dann noch ein bißchen durch dichte Brombeersträucher schlagen. Kurz, das Ziel kam immer näher.

8.

– Mychas! Schau, der Himmel.

Ich hob den Kopf. Wir kletterten gerade auf den Gipfel

und würden gleich wie auf dem Prospekt Swobody gehen. Im Moment saßen wir auf dem Stamm eines umgestürzten Baumes mitten in einem Gewirr wilder Brombeeren.

– Was sagst du zum Wetter?

Ich betrachtete den Himmel. Im Osten erinnerte er an die runzelige Haut eines relikten Kriechtiers von den Galapagosinseln. Knapp darüber lagen Federwolken, in ihrer Nähe hielt sich ein Schwarm dichter Schäfchenwolken, und die Sonne würde in einigen Minuten in eine Schicht dichter Gewitterwolken tauchen, die bereits zu mächtigen Türmen und Klippen emporwuchsen.

– Wenn es drei Wolkenschichten am Himmel gibt, wird das Wetter fast immer schlecht.

– Ja? Es wird ein bißchen schwül. Spürst du's?

– Stimmt ... Irgendwann hab ich mal mit den Pazany Fußball gespielt. Das Wetter war schon fünf Tage total sonnig, fast wolkenlos. An dem Tag war es noch heißer und ungewöhnlich wolkenlos. Aber ganz hoch oben setzten sich zwei, drei Federwolken fest, solche, – ich zeigte ihr, welche, und fuhr fort: – So. Nur der Wind legte sich am Abend nicht wie bei schönem Wetter, sondern wurde stärker. Ich sage zu diesen Pazany: »Hey, Leute, morgen wird's schütten.« Sie begannen mich auszulachen, *lachaty* – wie sie sagen.

– Und weiter? Hast du *damals* Prügel abgekriegt?

– Nöö, damals bin ich davongekommen.

– Und wie war das Wetter am nächsten Tag? Bewölkt mit Auflockerungen?

– Ne-ee. Es hat den ganzen Tag geschüttet.

Wir gingen weiter, aber Dswinka hatte dieses Thema anscheinend total neugierig gemacht:

– Und was machen wir mit dir, wenn das Unwetter beginnt? Wie sagt man da, »Gewitter mit Sturmböen«? Und vielleicht mit Blitz? Oder Hagel! Da wird's doch überall ganz matschig...

Aber es war offensichtlich, daß ein solcher Verlauf der Ereignisse ihr sogar sehr gefallen würde.

Wir kamen auf den Prospekt Swobody, schlenderten den Bergkamm entlang durch einen nicht von Menschenhand gemachten Korridor. Zu beiden Seiten wuchsen gewaltige Föhren, und ihre Kronen schlossen sich über uns. Innerhalb des Korridors hauste ein Halbdunkel, warm und feucht, wie ein in Nebel gehüllter Kater an einem Julimorgen. Der Boden war mit einer gleichmäßigen Schicht Nadeln bedeckt und ganz ohne menschliche Spuren. Es war irreal – phantastisch, genau wie es Dswinka beschrieben hatte.

Die Müdigkeit verschwand unbemerkt oder verbarg sich oder wurde unser neuer, gern gesehener Begleiter. Ich fragte Dswinka, wie spät es sei. Halb fünf, antwortete sie.

Halb fünf! Wir latschten schon fast zehn Stunden!!!

9.

Wir spürten unsere Füße nicht mehr, als sich die Fichtenwand öffnete und den Blick auf eine Perle freigab, die sie für besondere Personen bewahrt hatte, für *Auserwählte*. »Wir sind *Auserwählte*«, – freute ich mich.

Dswinka stöhnte vor Begeisterung. Ich atmete schwer durch den offenen Mund.

Eine winzige Wiese, in der Größe des Rasens vor dem Haus eines durchschnittlichen Amerikaners, erstreckte sich gleichmäßig bis ans Ufer und verschwand dann im Wasser des kleinen Sees. Dieser war teilweise mit Seerosen bewachsen und bot seinen Bewohnern Unterschlupf – falls es welche gab, versteht sich. Ich zählte sieben blühende Wasserlilien.

– Verdammt, – sagte ich. – Der See muß tief sein, wenn hier Seerosen wachsen!

Auf der uns gegenüberliegenden Seite ballte sich dichtes Gestrüpp. Diese Wiese konnte man nur auf einem Weg erreichen: auf dem, den wir gekommen waren. Dswinka warf müde ihren Rucksack ab. Rieb sich die schmerzenden Schlüsselbeine. Streckte den Rücken.

– Zuerst trinken, dann essen, dann baden, – sagte sie.

– Zuerst was trinken, dann schwimmen. Und erst wenn wir genug Holz fürs Feuer gesammelt haben, wird gefuttert.

– Denn so lehrte es Petja Dupa ...

- ... und so lehren es Thor Heyerdahl, der große weise Hobbit Bilbo Beggins und John Ronald Reuel Tolkien, Autor von »Silmarillion« und »Ainulindale«.

Dswinka prustete los und versprühte dabei das Wasser, das sie kurz zuvor aus der Flasche getrunken hatte.

10.

Die Föhren und Fichten verstummten. Die Luft schien gestorben zu sein. Sie hatte vollkommen aufgehört, sich zu bewegen, und vergessen, daß es den Wind gab. Sogar auf der Höhe des Adlerfluges, auf dieser mythischen Wiese in der Nähe des Sees stand die Luft wie in einem aufgeheizten Hangar.

Wir lagen kraftlos auf einer großen Decke. Irgendwo noch weit entfernt grollte der Donner. Aus Dswinkas Haar rollten langsam Wassertröpfchen auf ihren nassen Rücken. Sie lauschte dem herannahenden Unwetter. Die Wolken über uns nahmen eine unfreundliche, sandige Farbe an, die im Osten in satten violetten Nebel überging.

Nachdem wir die saumäßig schweren Rucksäcke, ohne die wir schon nicht mehr normal gehen konnten, abgeworfen hatten, befreiten wir unsere Füße von den engen Lederstiefeln und blieben einfach liegen, ohne den Wunsch oder die Möglichkeit, uns zu rühren. In der Ferne hörte man das Plätschern des Baches, der in den See floß.

Nach einer Viertelstunde löste sich die Erstarrung, und die klassische Lagerarbeit begann. Sie ist immer die gleiche, sogar wenn man nur zu zweit ist. Durstig schlürften wir Wasser, breiteten für unser Mahl ein Wachstuch auf den Boden, daneben eine große bunte Decke, die Dswinkas Eltern immer zum Baden mitnahmen ... unzählige kleine Handgriffe, auch Reisigsammeln, Feuermachen. Das Feuer entfachte ich mit Spänen aus Plexiglas. Das geht superleicht und ist absolut praktisch, wenn man weder Stroh noch Nadeln bei der Hand hat. Nadeln gab es, aber sie waren feucht.

Ich werde nicht wiederholen, wer mir diesen Trick beigebracht hat.

Danach kam das Füttern des Feuers und das Brechen von Zweigen für die Halterung des Kessels. Als der Buchweizen aufgesetzt war, konnten wir uns endlich mit gutem Gewissen hinlegen. Aber Dswinka drängte, wir sollten endlich schwimmen gehen. Sie hatte schon gleich zu Beginn ihre Jeans fallengelassen und lief in Trägertop und weißem Höschen in unserem Lager herum. Ein paarmal war sie schon in den See gewatet, aber jedesmal quietschend wieder herausgelaufen und hatte gerufen, daß das Wasser warm wie Pisse sei. Ach was, es KOCHTE.

Als es Zeit für das Wasserritual wurde, zog Dswinka ihren zweiteiligen Badeanzug hervor.

– Dreh dich um! – befahl sie und ließ, nachdem sie mir den Rücken zugekehrt hatte, Top und Höschen schneller fallen, als ich die Stirn vor Verwunderung runzeln konnte. »Süßer Po«, – dachte ich, aber um sie nicht zu verstimmen, wandte ich mich ab und begann mich umzuziehen.

Und dann gab es stürmische Vorläufe, orange-gelb-salatgrün-himmelblau-blau kristallenes Schwimmen; wir rannten Händchen haltend in den See, wirbelten Wassergeysire auf und tauchten dann in den warmen – wie Tee, wie das Wasser in einer Wanne in der Sonne – in den warmen, flüssigen, durchsichtigen Kristall, tauchten zum Grund, und obwohl er wunderbar zu sehen war, konnten wir ihn nicht erreichen, so tief war der See; und erschreckten Schwärme junger Fische, erschreckten Vögel, die sich in den Seerosen versteckt hatten, und fühlten uns als Teil der Karpaten, dieser Karpaten, die nichts wußten von Hyperinflation, Holzfällern mit stinkenden Kettensägen; fühlten uns wie schräge Tiere, wie funkelnde Schmerlen, wie Wassermolche, die nie erfahren werden, was ein Drei-Liter-Glas Wasser ist, die vor Freiheit sprühen und die hier im Licht des Vollmonds verschmelzen, im superflüssigen, ultradurchsichtigen Wasser, wo es unmöglich ist, den Grund zu erreichen, so tief man auch taucht.

Und wir küßten uns, sogar unter Wasser, Dswinka umschlang mich und zog mich zum Grund, den man nicht erreichen konnte, und erschrak nicht und schämte sich nicht für das, was sie durch meine Badehose spürte, denn das war das Leben.

Das war das Leben.

11.

Wir hatten uns hingelegt, um zu trocknen, denn Frotteehandtuch gab es, wie sich herausstellte, nur eines für uns beide – aber auch das hatte seine Romantik. Sogar das Gewitter, dessen Blitze näher kamen, hatte seine Romantik. Vielleicht war das ein Abend für Romantiker? Der Buchweizenbrei blubberte schon wie Magma im Schlund eines Vulkans, und es war an der Zeit, verschiedene Aromen hinzuzufügen: Dosenfleisch, eine Handvoll Kräuter, die nach Karawane, Suren und Wüstenhitze rochen, und aus dem Gedächtnis tauchten unbekannte südliche Wörter auf wie Fenchel, Kerbel, Khmeli-Suneli oder Kurkuma – Dswinka geizte weder mit Gewürzen noch anderen Köstlichkeiten, von denen einem das Wasser im Mund zusammenläuft.

Der Tee – genauer gesagt das Teewasser – kochte in einem Zwei-Liter-Alutopf. Da ich den Sud in der Küche vergessen hatte, pflückte ich eine Handvoll Heidelbeerblätter – dieser Tee schwächte zwar, ließ sich aber passabel aufbrühen.

Es war schon acht, als wir unser Mahl bis zum letzten Krümel aufgegessen hatten. Das Gewitter wälzte sich heran. Jetzt hing das dunkle Violett direkt über unseren Köpfen. So weit der Blick reichte, drang die beunruhigende Gangränfarbe in alle Spalten, und die benachbarten Gipfel verschwanden innerhalb weniger Minuten lautlos im Nebel, der immer dichter wurde (bald kann ich mit dem gespülten Kessel einen Schöpfer davon nehmen und aus der Nähe betrachten). Und der Wald, Generator des Rauschens der Bäume, verstummte erschrocken.

Wir beschlossen, die Rucksäcke in den Schutz der Bäume zu tragen. Die Schlafsäcke sollten in der Nähe des

Feuers bleiben. Bei den ersten Regentropfen würden wir in den Wald flüchten.

Der Donner war ganz nah. Jedesmal schien die Himmelsdecke zu bersten. In der Dämmerung flüchteten die Blitze in fliederfarbenem Licht aus den Wolken. Ganz kurz. Und gleich darauf, als übte er Rache für die Flucht, explodierte der Donner.

Die Dämmerung kam gleichzeitig mit den Wolken, und wir mußten noch Reisig für ein gewaltiges Feuer sammeln, um ungesund viele Kartoffeln braten zu können.

Dswinka verkündete, sie würde allein kein Holz holen, sie fürchte sich. Ich fand den Gedanken, allein in den von Ächzen und Seufzen erfüllten Wald zu gehen, auch nicht unbedingt angenehm. Den schweren, mit veilchenblauem Licht erfüllten Himmel konnte man mit der Hand berühren.

Wir entfachten das Feuer in der Nähe des Wassers, und der Rauch breitete sich über die glänzende Wasseroberfläche aus. Wir saßen auf unseren nebeneinander ausgebreiteten Schlafsäcken; ich nur in Hosen – absolut abgefuckte »Wranglers« – und sie in ihrem dünnen Top und weißem Höschen. Die feuchtwarme Luft und die knisternde Hitze des Feuers riefen eine angenehme Trägheit hervor.

Angeblich verleiten Wasser, Feuer oder arbeitende Menschen dazu, sie lange zu beobachten. Bei letzterem bin ich nicht sicher, aber bei den ersten zwei Dingen stimmt es hundert Pro. Es war supergeil: zu sitzen, Dswinkas Kopf auf meiner Schulter zu spüren, die Wärme ihres Körpers und ihre Hand in meiner Hand, mal in die Flammen zu schauen, mal auf die mit Rauch bedeckte Wasseroberfläche, der gewaltigen Donnerfuge zu lauschen und zu warten. Auf den Regen zu warten, den Guß, zu warten, bis das

Feuer heruntergebrannt war und man in der Glut Kartoffeln backen konnte, fürs Abendessen... für unser GEBIRGS-Abendessen. Zu warten...

Dswinka holte die Sopilka hervor und begann verschiedene interessante Stücke zu spielen: von »Komu vnys«, von den Doors. Und dann saßen wir einfach und erzählten uns verschiedene Märchen und makabre Stories.

– Erinnerst du dich, – beginne ich, – als wir gerade ausgepackt hatten und anfingen Buchweizen zu kochen? Da bin ich allein zum Bach gegangen, sitze, kacke, patsche mit den Händen aufs Wasser... Plötzlich höre ich – jemand kommt übers Wasser zu mir, spritzt auch herum. Ich schaue auf – die Zellophan-Herrin steht vor mir.

– *Zellophan-Herrin*? – fragte Dswinka ungläubig und warf zur Sicherheit einen Blick über die Schulter.

Ich nickte.

– Ja, die Zellophan-Herrin, sie hat sich selbst vorgestellt. Ich schaue genauer, die Arme, sie ist ganz nackt. Und so bleich, beinahe blau. Eingehüllt in ein riesiges Stück Zellophan und umwickelt mit weiß isoliertem Kabel. Ihre Nägel sind abgekaut und violett, die Fingerspitzen verrunzelt... Ich frage: »Entschuldigen Sie, ist Ihnen vielleicht ein bißchen kalt? Sie sind so blau...« Und sie sagt, ja, *kalt und naß*. Und ich sage darauf: »Dann kommen Sie doch zu uns auf einen Tee, zum Aufwärmen! Meine Freundin und ich haben uns dort drüben niedergelassen.« Und weißt du, was sie geantwortet hat?

Dswinka leckte sich über die Lippen und bereitete sich auf das Schlimmste vor.

– Sie hat gesagt, daß sie AUF JEDEN FALL KOMMT! Weil sie schon so lang nichts Warmes mehr getrunken hat...

Noch eine Sekunde lauschte Dswinka alarmiert meinen Worten und begann mir dann mit der Faust gegen die Schulter zu boxen:

– Du lügst, oder?! Das hättest du nie getan! Niemanden hast du eingeladen! Lügner!

Ich schwieg und musterte ihr Gesicht mit ernster Miene.

– Hättest du?... – fragte sich Dswinka voller Zweifel laut.

Ich jedoch blieb unbewegt und fuhr fort:

– Aber das ist nicht das Erstaunlichste... Als sie sich umdrehte und wegging, warf ich einen Blick auf ihren Rükken. Dort hatte sie mitten im Zellophan solche speziellen *Fäden*. Aber sie ist verschwunden... wenn sie jetzt kommt, fragen wir sie, wozu die gut sind.

Dswinka rückte von mir ab und ihr Blick blieb am Muster der Decke hängen. Das mit den Fäden hatte sie aus der Fassung gebracht.

– Fäden... hm-m... *Fä-den*... Irgendwas ist hier faul, – murmelte sie.

Und dann zog sie mich zu sich, und wir begannen uns zu küssen.

Je näher die Nacht kam, desto blutrünstiger wurden die Geschichten, denn wir bekamen Hunger. Der Gipfel des Horrors war eine paradoxe Erzählung, die mir noch im Kindergarten aus zuverlässiger Quelle zu Ohren gekommen war. Sie handelte von einem Mann und seinem Großvater, die verloren einmal den Verstand (so hatte man es mir überliefert), gingen in die Kirche und verschlangen dort alle Leute. Danach fraßen sie sich gegenseitig auf. Mich persönlich führt die Tatsache des gegenseitigen Kannibalismus nach wie vor in eine ähnliche Sackgasse wie Dswinka die Existenz der verdächtigen Fäden (aus Nylon? Acryl? Polyamid?) am Rücken der Zellophan-Herrin.

Endlich konnte man mit einem Grashalm in die Kartoffeln stechen – sie waren gar. Unter Blitz und Donner aßen wir, genossen den einfachen Geschmack, das Salz und den Tee aus Heidelbeerblättern (zu blöd, den Zucker hatte ich auch vergessen). Und als die Kartoffelvernichtung vollzogen war, aßen wir die für die Nachspeise aufgesparten Kekse und Waffeln.

Ich warf dem Feuer noch ein paar Zweige und einen großen trockenen Holzklotz zum Verzehr hin.

Erst als wir die Hände von Asche und Krümeln befreit, die Flasche mit den Teeresten unter einen Baum gelegt und dem Feuer sein letztes Aufleben in dieser Nacht gegönnt hatten ... erst da zogen wir die Schlafsäcke in die Mitte der Wiese.

Natürlich hätten wir uns nicht gemeinsam schlafen legen sollen. Einer hätte unbedingt Wache halten müssen. Alles mögliche könnte passieren: Ein wütender Bär, ein tollwütiger Wolf oder ein Besuch der Zellophan-Herrin. Aber wir waren beide erst knapp über fünfzehn, und das ist ein Alter, in dem man solche Sachen vergißt.

12.

Wir legten uns nebeneinander, Schulter an Schulter, auf die zusammengeschobenen Schlafsäcke. Es war nicht nötig, hineinzukriechen, denn die Hitze stand noch immer, eine Hitze, wie sie die Berge kaum erinnern. Ich spürte Dswinkas Gedanken, und sie spürte meine. Und sie wußte, daß ich mich nie getraut hätte, anzufangen – um nichts auf der

Welt, aber sie verstand mich auch am besten von allen, die ich kannte. Dswinka umarmte mich und preßte ihre Lippen auf meine, und unsere Lippen und Zungen verstrickten sich, kreisten eine um die andere, wie exotische feuchte Schmetterlinge, ich umschlang sie mit den Armen, drehte sie auf mich, und unsere Münder tanzten weiter ihren feuchten Tanz der Schmetterlinge im Dunkel, einen warmen engen Tango, den Tanz des Lebens. Ihre Lippen glitten über mein Gesicht, leicht wie Flügelschläge. Ich legte Dswinka auf den Rücken, und sie hob die Arme, damit ich ihr das Top ausziehen konnte. In der Dunkelheit, nicht weit vom Feuer, sah ich sie nackt – so wie in dreihundert Träumen: der flache ungebräunte Bauch, ihre Brüste, zwei kleine Erhebungen, geschmeidige schneeweiße Halbkugeln, geschmückt mit Brustwarzen, genauso akkurat, wie alles an ihr, in der Farbe verlöschender Glut, jetzt hart und erregt; ich sehe (bilde ich mir das ein?), wie ihre Brüste anschwellen, ja, sie füllen sich mit dem warmen Saft der Erregung, herb und dickflüssig, mit dem Wein der Erregung, mit diesem Wein der Erregung, die aus den Bergen kam und vom Gewitter, dem Donner und den Blitzen. Ich beginne sie zu küssen, zuerst das Gesicht, den Hals, immer tiefer, die kleine Vertiefung zwischen ihren Brüsten, ich küsse ihre warmen, weißen Brüste, die unter den Lippen hart werden, immer tiefer, den Bauch und darunter, wie in jeder der hunderttausend Phantasien, und als die Lippen noch weiter hinunter wandern, streckt Dswinka den Rücken durch und zieht mit zitternden Nasenflügeln laut die elektrisierte Luft ein, und unter den pausenlosen Küssen dort, da unten, beißt sie ihre Unterlippe, atmet schwer und zittert und drückt mich mit ihren schlanken, glatten Beinen an sich. Ein weiß-violettes Aufleuchten erlaubt es, eine Sekunde ihre entblößte Schönheit zu sehen, und mir ist, als könnte ich beim Anblick ihres Körpers bei Tageslicht ohnmächtig werden. Ich sehe Dswinkas Augen, weit aufgerissen, und beginne zu verstehen: Ihre Augen sind wie zwei schwarze Löcher im Blau des Himmels. Die Küsse versetzen sie in wilde Glut, die ich mit den Lippen spüre; ich küsse sie. Sie verliert von den ständigen Berührungen meiner Lippen den Kopf und streift endlich die Jeans von mir, die absolut abgefuckten »Wranglers«, und die Unterhose, und ich spüre den leichten Foxtrott ihrer Lippen auf mir. Irgendwo dort, tief in meinem Kopf sitzt der Gedanke, daß sich Blut nicht auswaschen lässt, und ich lege Dswinka, sie noch immer umarmend, neben mich ins Gras.

Als ich in sie eindringe, spüre ich: Mein Herz ist stehen geblieben und sofort schießt das Blut aus den heißen Venen. Dswinka schreit auf wie ein verschreckter Vogel, aber in ihrem Schrei ist außer Schock und Schmerz noch etwas Drittes. Freiheit des Genusses und Genuß der Freiheit. Auf ihren Schrei folgt ein Donnergrollen. Das bekannte, aber jetzt ungebremste Aufflammen im Innern blendet einen Moment, und ich kann nichts begreifen, während ich aus den irren Tiefen des Schocks auftauche. Und die Zärtlichkeiten gehen weiter, denn heute ist die Nacht der ersten Zärtlichkeiten, die vom Duft des Ozons und der unsichtbaren Anspannung ihres Körpers durch und durch erfüllte Nacht.

Dswinka küßt mich, ich liebkose sie weiter, obwohl sie sich unter meinen Händen windet, denn in ihr bahnt sich etwas an, und ich dringe wieder in sie ein, aber diesmal langsam, auf dem Schlafsack liegend halte ich sie auf meinem Bauch. Ich will sie nicht erdrücken, will ihr keinen Schmerz zufügen; wir schaukeln auf göttlichen, goldenen, durchsichtigen Wellen, mit langsamen gleichmäßigen Bewegungen, ihr Haar fällt mir ins Gesicht, und ich spüre ihren Geruch, und Dswinkas feuchte Lippen tragen den Geschmack meines Körpers – genauso wie meine den ihres Körpers tragen. Dieses zweite Mal, auf das wir zusteuern, nähert sich mit bunten Lichtern, kündigt sich in der Härte ihrer Brustwarzen und der Angespanntheit ihrer Brüste an. Meine Hände gleiten von ihrer Taille auf Beine und Pobakken, sie steckt ihre Hände unter meinen Rücken

und ich sehe das Bild schon denn das was kommt ist eine Orchidee eine schwarze Orchidee mit bunter Zeichnung ich sehe sie während der zuerst seltenen dann immer häufigeren Blitze des Stroboskops ich höre wie Dswinka laut schreit niemand vor dem sie ihren Schrei verbergen müßte denn die nächste Hütte ist dort unten sie schreit noch einmal aber das kann doch nicht sein in allen Büchern Broschüren steht geschrieben daß Mädchen beim ersten Mal nichts empfinden aber sie hat wirklich das gefunden weswegen wir gekommen waren sie kann sich nicht von meinen Lippen losreißen ihre Zunge ist wie eine Orchidee schau du siehst sie immer öfter und die Blitze des Stroboskops lassen schon nach haben sich fast in einem geschlossenen Photonenstrom durch die Genußzentren des Gehirns vereint und wieder ist etwas unten bereit zu explodieren und

DA IST SIE die Explosion eine Milliarde Volt durch unsere Körper und ich sehe schon ihre Blüte schwarz mit grüner und roter Zeichnung aber das Aufleuchten im Inneren ist eine Myriade nie gesehener Schmetterlinge pocht aus dem Inneren meines Kopfes an meine Stirn und Blitze Blitze blitzeblitzeblitze BLITZE durch alle Archetypen des Bewußtseins bis ganz zum Grund BLITZE

spülen auf ihrem Weg alles weg, sie gibt mir nicht die

Möglichkeit zu schreien, bedeckt meinen Mund mit Küssen.

Dann kommt die zweite Welle – schwer und langsam; in dem Moment verstehe ich, was es heißt – vollkommen kraftlos zu sein. Zweifellos spürt Dswinka dasselbe. Sie hat keine Kraft mehr auf ihren Schlafsack zu klettern, wir schlafen ein oder verlieren vielleicht langsam das Bewußtsein. Dswinka liegt auf mir, in meinen Armen, und hört zu, wie der Schlaf uns verschluckt.

Viertes Kapitel

1.

Das Gewitter ist dann seltsamerweise doch nicht ausgebrochen. Es verharrte. Die Wolken verzogen sich nicht, und die Hitze ließ nicht nach.

Im ersten Morgengrauen öffnete ich die Augen und sah wieder die violetten Gangräne des Himmels, *hier hilft keine Drainage*, denke ich unruhig. Die Wolken hingen tief, so tief, daß die benachbarten Berge nicht zu sehen waren. Dswinka lag neben mir, das Gesicht irgendwo zwischen meinem Hals und Schlüsselbein vergraben, und wärmte mich mit ihrem Atem.

Zuerst, noch schlaftrunken, dachte ich, daß mich der Tau frösteln ließ. Aber es gab keinen Tau, und die Lilienblüten waren geschlossen. Da kapierte ich: Seit dem frühen Morgen herrscht eine schwüle Hitze.

»So viele schlechte Zeichen auf einmal – das verheißt nichts Gutes«, dachte ich. In meinem Kopf tat sich ein Spalt auf, und ich erinnerte mich an die vergangene Nacht. Wir waren geflogen und hatten unsere Körper auf diesem Berg zurückgelassen. Für einen superkurzen Augenblick war es uns gelungen auszubrechen, auf *die andere Seite* zu gelangen. Denn in der Nacht für Romantiker, der Nacht der ersten Zärtlichkeiten, ist alles möglich. Ich setzte mich mit einem Stöhnen auf und weckte Dswinka durch eine unvorsichtige Bewegung. Sie trug nur ihr Top. Das weiße Höschen lag nicht weit von uns im Gras.

Wir mußten aufstehen, denn diesmal würde der Regen nicht warten.

Aber die verschlafene Dswinka breitete die Arme aus und bat mich, sie zu umarmen. Ich erfüllte ihre Bitte und schlief zu meiner Überraschung in ihrer Wärme noch einmal für zwei Stunden ein.

2.

Jetzt, um sieben Uhr morgens, war es Dswinka, die mich weckte. Es schien, als hätte sich der Berg direkt in die Wolken gebohrt, und alles rundherum war von feuchtem Dampf bedeckt. Von Warmem. Obwohl Dswinka protestierte, machten wir Morgengymnastik, wie es sich für echte Ukrainer gehört. Wir trauten uns nicht zu schwimmen, denn der große Regen konnte jeden Moment losbrechen. Aus der Glut des gestrigen Feuers entfachten wir ein neues und stellten Wasser auf.

Zum Frühstück gab es Buchweizengrütze mit Fleischresten.

Das von der Hitze ausgetrocknete Brot tunkten wir in den Tee und spülten es mit großen Schlucken hinunter, wir lagen auf der Decke, betrachteten den Himmel und stellten dessen wohl grenzenlose Geduld auf die Probe. In wenigen Minuten sammelten wir unsere sieben Sachen ein, rollten die Schlafsäcke zusammen, packten die Rucksäcke, zogen schließlich die »Doc Martens« an und machten uns auf den Heimweg.

3.

Über unseren Köpfen begann wieder der Donner zu brüllen und zu grollen.

Wir grölten aus voller Brust Lieder – »Nationalist, zwei, drei« und ähnliches. Als wir endlich im Schutz der Fichten waren, fielen die ersten schweren Regentropfen in den gelben Staub. Ein schwarzhaariger Typ in einem grauen, ärmellosen T-Shirt mit Schnursalat am Hals, also ich, rieb sich fröstelnd die Arme. Denn es war wirklich kalt geworden. Seine Begleiterin sagte, es sei ein warmer Schauer und man brauche keinen Regenmantel. Der Typ glaubte ihr naiv, und sie marschierten vergnügt in die Regenwand.

Dswinka zwitscherte fröhlich vor sich hin. Ich versuchte den Donner zu überschreien, aber das greisenhafte Stöhnen des Regens war fürchterlich laut. *Das monotone Zischen der Regenschlange ...*

Der Guß durchnäßte uns bis auf die Knochen. Dswinkas dünnes weißes Top klebte an ihrem Körper, und man konnte die Konturen ihrer Brüste mit topographischer Genauigkeit erkennen. Ihr schwarzes Haar pappte am Kopf, was ihre Ohren besonders hervortreten ließ – das erweckte den Eindruck eines kleinen Kindes.

Ich machte sie auf das nasse Top aufmerksam, aber Dswinka lachte nur und schmatzte mir auf die Lippen.

– Bis Wowtschyska bin ich trocken! – schrie sie im Duell mit dem Regen und wischte überdimensionale Tropfen aus ihrem Gesicht.

Das war genau Dswinkas Stil: All jene megamäßig vor den Kopf stoßen, die die Regeln des Anstands und der Moral vergötterten, deren Beachtung man eigentlich von jungen Damen erwarten sollte. Wie zum Beispiel jetzt – in so einem Aufzug durch irgendein Hintertupfing zu marschieren.

Das Geprassel hörte nicht auf, im Gegenteil, es ging von einem nassen Moderato in ein Vivace, Presto und mit der

Zeit in ein rasendes, nicht zu bändigendes Furioso über. Der strömende Regen zwang uns, unter einem Baum Schutz zu suchen. Aber das Gewitter! Diese grandiose Donnerfuge, erfüllt mit ozonischer Transzendenz – sie riß eine imaginierte Barriere im Gehirn nieder, zwang grundlos zu schreien, allein wegen des Tosens der vertikalen Ströme und der Verzückung über die Naturgewalten.

Die graue Wand wurde immer undurchdringlicher, und wir schrien in den angeschwollenen Himmel, denn alle Kinder sind abseitig – das ist ein Axiom. Wir ließen alldem freien Lauf, was die angespannte Energie der Luft in uns ausgelöst hatte.

Irgendwann beruhigte sich das rasende Prasseln des Regens zu einem trägen Andante und erlaubte uns, die Wanderung fortzusetzen.

4.

Wir gingen durch den schwülen Wald, von Abkühlung konnte keine Rede sein. Wieder fingen wir mit Wandergeschichten an, die uns den peitschenden Regen erträglicher machten. Jetzt ging es nur bergab, was unsere Mission enorm erleichterte. Über die Pfade liefen schmutzige Sturzbäche.

– Mychas, was hältst du von Fedja?

– Du weißt doch, was ich von ihm halte, – während ich sprach, befühlte ich unwillkürlich meine Lippe, die mir dank Fedja in den Winterferien geplatzt war. Damals traf ich Fedja versehentlich mit einem Schneeball am Kopf, weil ich ihn mit einem anderen Arschloch verwechselt hatte. Er gab mir mit der Faust eins in die Fresse. Sein Siegelring hat

mir den Rüssel aufgerissen. Den ganzen Winter erleichterte mich ein Gedanke: Gut, daß ich nicht Posaune spiele.
– Zwischen ihm und dir ist was vorgefallen, hab ich recht?

Sie nickte und vermied hartnäckig, in meine Richtung zu schauen. Ihr wollt wissen, was genau? Wenn sie schon angefangen hat, soll sie doch selbst erzählen.

Aber ich konnte mich nicht zurückhalten:

– Also, was war da? …

Dswinka dachte nach, vielleicht überlegte sie, wie sie es erzählen sollte. – Er wollte mich poppen.

Ich blieb an einer Wurzel hängen und knallte auf den Boden. Sie half mir auf.

– Es war im April. Er und dieser schiefe Sery trieben sich während der Stunde auf dem Gang herum. Und ich war gerade auf dem Weg zur Toilette. Es war kurz vor dem Läuten. Die beiden zogen mich ins Jungenklo, Fedja hielt mir den Mund zu und verdrehte mir die Arme. Sery hielt mich an den Beinen, aber er glaubte wahrscheinlich, daß Fedja mich nur begrapschen wollte … Sie – oder eher Fedja – hatten einen günstigen Moment gewählt: alle liefen in die Mensa, in dem Lärm hätte niemand was gehört … Wie auch immer, Fedja begann mich anzugrapschen und an meinem BH herumzufummeln. Sery befahl er, mir den Mund zuzuhalten. Dieser Kastrat wußte nicht, wie man einen BH öffnet … er zerrte daran und holte dann ein Messer hervor, um ihn aufzuschneiden. Genau da bekam ich es wirklich mit der Angst zu tun. Dachte, jetzt metzelt er mich nieder, na ja … und fickt mich, wenn ich schon tot bin. Und er begann wirklich zu schneiden, aber nicht mich, sondern den BH und mein Höschen an der Seite. Ich … ich hatte gerade mal Zeit zu bedauern, daß ich an diesem Tag keine Hosen trug. Und Sery … er hatte zuerst Schiß …

aber Fedja riß mir das Höschen runter, und in seinen Augen erschien derselbe Ausdruck wie in Fedjas. Er zog mein Kleid hoch, und während Fedja die Hosen fallen ließ, starrte er mit offenem Mund und zitterte am ganzen Körper ... und ... wollte ...

Plötzlich fiel Dswinka auf die Knie und heulte los. Sie schlug mit der Faust auf die nasse Erde, weinte und verschluckte sich dabei.

Ich ließ den Rucksack fallen und drückte sie fest an mich. Sie weinte und schluchzte, wie sie vielleicht als kleines Kind geweint und geschluchzt hatte, nach Luft ringend. So sehr schämte sie sich, daß sie ihr Gesicht tief in meinem grauen T-Shirt mit schwarzen Mandala-Arabesken verbarg, das vom strömenden Regen naß und von den Tränen salzig war. Ich spürte ihre Nase, die feuchten Augen und Wangen an meinem Hals, und nach einigen Minuten mußte ich mich vergewissern, daß es wirklich ein Mädchen, kein Kind war, das sich mit seinen Tränen unter meinem Arm versteckte, in meiner Umarmung, und den Geruch meines Körpers einatmete, der sie vielleicht beruhigte und ihr das Gefühl von Sicherheit gab. Einen Moment lang wollte ich selbst losheulen, aber jetzt brauchte Dswinka meine Coolness, denn die eigene hatte sie am Ufer des Sees liegen lassen. Wir alle, der stachelige Glatte Hippie inklusive, waren riesige Bluffer. Kinder, die auf dem Schoß des anderen weinen und darum bitten, niemandem etwas zu sagen. Wenn ich in diesem Moment meine gekünstelte Kühle verloren hätte, wer hätte Dswinka dann getröstet?

Ein wenig später, vielleicht auch erst nach siebzehn Jahren (oder acht Minuten – es machte keinen Unterschied), verstummte Dswinka und schnaufte mir warm auf den

Hals. Obwohl es mir in der festen Umarmung schwerfiel zu atmen, hatte ich nichts dagegen, bis ans Ende des nächsten Jahrtausends so sitzen zu bleiben.

(Ehrlich gesagt war ich auch selbst ein wenig verblüfft über mich, über meine COOLNESS. Ich WEINE NICHT? Ich, den sie bis zwölf mit dem Beinamen Heulpeter, ja sogar Heulsuse, gehänselt haben?) Ich hob ihr Gesicht und küßte die Tränen von Wangen und Kinn. Vom Weinen waren ihre Augen groß und feucht geworden, und ihre erweiterten Pupillen erinnerten an schwarze Löcher im Himmel (*wann habe ich das gesagt? Habe ich es überhaupt gesagt?*).

– Jetzt, wo du es weißt, liebst du mich nicht mehr, oder? – alarmiert nahm ich wahr, daß Dswinka jeden Moment wieder losflennen würde. Sie verbarg ihre Tränen nur vor sich selbst, denn außer Regenwürmern konnte uns wohl kaum jemand sehen. Ich beugte mich zu ihr, flüsterte ihr ein paar Worte ins Ohr und küßte sie sanft, wie zur Bestätigung. Dswinka lächelte strahlend. Der kathartische Hurrikan war vorüber.

Ich betrachtete meine Handfläche, in der ich schon einige Zeit einen rätselhaften brennenden Schmerz fühlte. Dswinka nahm meine ausgestreckte Hand, um sie zu untersuchen. Etwa in der Mitte leuchteten fette kirschrote Bluthügel, die aus vier halbmondförmigen Vertiefungen traten.

Dswinka sah mich fragend an.

– Ich hab meine Fingernägel schon lange nicht geschnitten, – antwortete ich absolut nichtssagend. Wann, an welcher Stelle ihrer Erzählung waren die Verletzungen entstanden? Ich versuchte mich zu erinnern, welche Gefühle mich dazu veranlaßt hatten, die Fäuste so fest zu ballen.

Sie fuhr fort:

– Na ja, und Fedja hatte schon seinen Schwanz ausgepackt... Aber Arschlöcher sind Arschlöcher. Sie hielten mich, die Hand auf meinem Mund, tänzelten um mich herum wie zwei Rüden... Und vergaßen, daß jemand reinkommen konnte... Es war der Glatte Hippie. Weißt du, wie er reingekommen ist? Sieht so zugekifft aus, als würde er nichts sehen. Aber er sieht alles glasklar... und checkt im Handumdrehen, was läuft. Zuerst wollte Hippie abhauen, weil er Sery bemerkte und vor allem Fedja. Mit ihnen aufs Klo zu gehen, war gefährlich. Sie hatten schon mal seinen Kopf in die Latrine gesteckt. Gut, daß er mich bemerkte... und das von der Brust gerissene Kleid. Er sah, daß ich nackt war, sah mein aufgeschnittenes Höschen und den BH. Na ja, und er sah die zwei Hirsche mit ihren roten Schwänzen. Sery sagte, ohne sich umzudrehen und mit einer wegweisenden Geste etwas wie: »Verpiß dich atsjuda*«, aber Hippie trat ihm statt dessen kräftig in die Eier. Während Sery hüpfte und heulte, hätte Fedja seinen Penis längst verstaut, aber das Lustigste war, daß die Erektion anhielt und der Penis nicht WIEDER HINEIN WOLLTE! Während Fedja sich mit seinem besten Stück herumplagte, half Hippie mir auf und richtete mein Kleid, mir selbst ging in diesem Augenblick schon alles am Arsch vorbei. Und er verpaßte Fedja genau so einen, wenn nicht sogar stärkeren, Tritt. Auch in die Weichteile, ins nackte Fleisch. Und dann gab er den beiden ordentlich eins ins Maul...

Aus irgendeinem Grund fiel mir ein, wie der Glatte Hippie auf den Kopf des »toten« Djuk eingedroschen hatte.

* Imitierte die Aussprache von russ. *otsjuda* – von hier.

– Ich flüchtete damals nach Hause, erzählte niemandem davon. Und darauf haben die verdammten Schweine vielleicht auch gezählt: daß niemand was erfährt.

– Und der Glatte Hippie?

– Der Glatte Hippie? Er hätte es niemandem gesagt, sogar dir nicht. Am nächsten Tag haben sie ihn übrigens sehr, SEHR ordentlich verprügelt. Hat er nie davon erzählt?

– Als er in Skole in der Reanimation lag? Sehr... h-m-m... *Sehr* beiläufig.

– Japp. Gehirnerschütterung, ausgerenkter Kiefer... Ich glaube, ein paar gebrochene Rippen. Und irgendwas mit den Eiern – eine Zyste von den Schlägen oder so... er ging nicht ins Detail. Aber in die Weichteile haben sie ihn sicher getreten. Für Jungs ist das Ehrensache – in die Eier zu treten, wenn man sie dorthin getreten hat. Kurz, eine dunkle Geschichte. Die Aktion fand unter Fedjas Patronat statt, denke ich. Vielleicht haben Sery und die Pazany ihn gehalten und Fedja hat zugeschlagen... ich kenne die Einzelheiten nicht. Er hat allen gesagt, ihn habe ein Auto erwischt, und er erinnere sich an nichts.

– Hat ihm jemand geglaubt?

– Ja. Unser Klassenvorstand. Alle in der Schule wußten, wer da seine Hand im Spiel gehabt hatte – Fedja aus der zehnten Klasse. Fedja kennen alle. Und alle fürchten sich vor ihm. *Auch die Mädchen.* Nur hat niemand geschnallt, warum Hippie zu Apfelmus geschlagen wurde. Und weißt du, was das Gemeinste war? Als Hippie wieder zur Schule ging, liefen alle zusammen, um ihn zu sehen... aber nur, um ihn dann auszulachen. Als ob sie sagen wollten, so hat es der Bekloppte auch verdient. Ohne Grund hätte man ihn nicht angefaßt... NICHT ANGEFASST, *fuck*! Die haben bloß alle ganz fürchterlichen Schiß vor Fedja.

Ich sagte nach kurzem Schweigen:
– Hippie ist ein cooler Tschuwak.
– Ja... Aber das wissen nur wir beide.

Der Regen war stechend wie Zahnschmerzen. Wir gingen und gingen. Dswinka hielt mich fest an der Hand, suchte Halt. Und ich wollte sie auch gar nicht loslassen. Ich wollte mit ihr an der Hand durch die ganzen Karpaten wandern, bis wir in Bratislava oder Transsilvanien herauskämen, oder ein guter Zauber-Onkel uns in ewige Karpatenbummler verwandeln würde.

– *Ich will ihn umbringen*, – sagte Dswinka leise.

Ich blickte ruhig in ihre großen Augen. Ich hoffe, sie spürte nicht, wie etwas in mir riß. Eine ätzende Angst schoß mir in den Magen.

– Ich weiß nicht *wie*, aber ich mache es. Ich glaube, der Glatte Hippie hilft mir. Und ich will, daß *du* mir auch hilfst. *Du* als *einziger* von uns könntest so etwas auch allein tun.

Ich überlegte, ob ich wirklich den Mumm aufbringen könnte, SO WAS zu tun. Nein, nein, ich habe nicht vor, jemanden um die Ecke zu bringen, sondern... sondern ich denke bloß über die *Wahrscheinlichkeit* nach.

Es war nämlich so: Ich hatte es satt, mich auf der Datscha zu verstecken. Mir ging es auf den Sack, früh aufzustehen, nur um auf den Markt zu gehen, bevor Fedja aufwachte, aus Angst, ihn zu treffen und wieder eins aufs Dach zu kriegen. Außerdem erwartete mich die Abrechnung für den Tod seines liebsten Hundes, vergeßt das nicht.

Ich erinnerte mich daran, wie ich zum ersten Mal allein nach Midni Buky gekommen war – in meinen berühmten zerrissenen Jeans und mit langem Haar, das in alle Richtungen stand, als hätte der Teufel darin Kopeken gesucht. Sie, DIE PAZANY – unter ihnen auch Randale-Fedja – zerlegten mich schneller, als ich zur Datscha gehen konnte. Ich erinnerte mich daran, wie sie mich an einer tiefen Stelle des Flusses fast ertränkt hätten, damals war ich dort noch unbekümmert schwimmen gegangen. Ich hatte gedacht, der Fluß sei ein heiliger Ort, daß man sich am Fluß nicht schlägt. Die Pazany traten mir auf die Finger, als ich mich auf die Brücke retten wollte... Und dann sprang Fedja selbst ins Wasser. Er stieß mich um und setzte sich auf mich, als ich im seichten Wasser auftauchte, drückte mich mit seinem schweren, zwei Jahre älteren Körper auf die Steine.

Ich erinnere mich, daß ich Wasser schluckte und das Bewußtsein verlor. Schwarze Fliegen wuchsen vor meinen Augen in die Nacht, im Kopf dröhnte es.

DAMALS haben sie mich im letzten Moment wieder auf den Damm gebracht.

Aber niemand kann garantieren, daß nicht ein NÄCHSTES MAL kommt, nicht wahr? Und wer garantiert mir, daß sie mich dann wieder auf den Damm bekommen?

Niemand.

Aber das war nichts gegen die Wut, die in mir brodelte, seit ich wußte, was ihn mit Dswinka verband.

Ja, Freunde und Kumpanen: Wie sich herausstellte, hatte ich wirklich nichts dagegen, diesen Hurensohn zu killen (in Gedanken, natürlich nur in Gedanken. Erinnern wir uns: das ist nur *Teenager-Haß*). Ich bin einfach zu brav für so was.

– Hilfst du mir? – fragte sie ohne dieses weibliche Drumherum. Und mit einer Stimme, die weder smaragdene Berge noch hunderte unvergeßliche Nächte im Stil »östliche Süßigkeiten« versprach. Mit einer Stimme, in der mitschwang: »Wenn du mir nicht hilfst, verstehe ich das, denn ich verstehe dich besser als alle, die du kennst. Aber dann ... dann mach ich es allein.«

Nein, entschied ich, *ich mache nichts; wenn man genau überlegt, ist es total absurd! Gar nichts werde ich machen, und versuch mich nicht noch einmal zu ...*

– Keine Frage, Kätzchen.

Und wißt ihr, was mich erschreckte? Der Ton. Als hätte ich so was schon mal getan und vielleicht nicht nur einmal. Als hätte ich so was schon mal getan und Gefallen daran gefunden ... und könnte es wieder und wieder tun – einfach so, aus Spaß. Manchmal habe ich Angst vor mir selbst. Habe Angst vor dem, was da in mir ist.

5.

Wir merkten, daß wir uns verirrt hatten. Genauer gesagt, nicht verirrt, sondern wir waren in die falsche Richtung gelaufen. Dswinka versicherte, sie wüßte *fast* sicher, wie wir hier herauskämen.

Irgendwann erreichten wir ein Plateau zwischen zwei Bergen, immer noch hoch über dem Meeresspiegel, ganz und gar eben, wie die Platte einer Schulbank, zerfurcht von Bächlein, übersät mit Steinblöcken und vom Sturm geknickten Baumstämmen, überwachsen von Büschen und Gras. Das Plateau war ein Beispiel für diese unfaßbare, schimmernde Pracht der wilden Natur, die sich bei der Übertragung auf Leinwand unausweichlich in Kitsch verwandelt.

Es nieselte, aber das juckte uns nicht. Wir stapften über den aufgeweichten Boden, stießen auf übergelaufene Bäche, die zu ihrer eigenen Verwunderung zu Flüssen geworden waren, gelangten auf Steinen ans andere Ufer. Einmal trug ich Dswinka sogar heldenhaft auf den Armen, nachdem ich erst Rucksäcke und Schuhwerk auf die andere Seite geworfen hatte. Und all das war wirklich geil.

Danach hörte es ganz zu regnen auf, wir machten Rast und tranken aus einer Mineralquelle am Wegrand Wasser, das nach Sperma roch. Wir aßen verschiedene Köstlichkeiten, die Dswinka uns gestern verboten hatte: selbstgebackener zerbröselter Strudel mit Nüssen und Kirschen, selbstgebackene Kekse, zu einem Säckchen Krumen zerrieben; vertrocknete Lebkuchen, die Mama schon hatte wegwerfen wollen, Dswinka aber gerade noch retten konnte. Die Lebkuchen waren so trocken, daß sie weder zerbrökkelten noch im Wasser aufweichten.

Zu unserer Überraschung kamen wir schon nach Hyzli, das unvergeßliche Dorf, in dem wir die überaus liebenswürdigen Omas getroffen hatten.

Im Dorf herrschte eine hyperglobale Stille. Es schien, als könnte man die Abendausgabe der »Stimme Amerikas« aus einem Radioempfänger irgendwo in Wowtschyska hören. Nur einmal pro Viertelstunde schlug einer der Hunde an, verstummte aber aus Mangel an Unterstützung wieder. Die gesamte gerontokratische Elite des Dorfes saß auf Bänken neben den Gartentoren.

Sobald wir Händchen haltend in den Gefilden von Hyzli auftauchten, richteten sich wieder absolut alle Augen auf uns. Genauer gesagt, die Frauenaugen auf mich, die Augen der alten erotomanischen Opas auf Dswinkas Brüste, die durch den feuchten Stoff des Tops perfekt zu sehen waren.

Ich hätte liebend gern einen Blick zurückgeworfen, um zu sehen, ob sie sich heimlich hinter uns bekreuzigten, um das Unheil abzuwenden.

Ich bemerkte einen Typen, etwas älter als ich, der im Gemüsegarten stand, die Beine gespreizt und in den Händen eine Hacke. Sein Anblick war jämmerlich: trüber Blick, ewig offener Mund, hängende Unterlippe. Der Typ war fasziniert von dem genialen Bild, das ihm Dswinkas Brüste boten. Sein Kopf folgte unserer Bewegung, um keine Sekunde dieser Attraktion zu versäumen. Eine ältere Frau, die neben ihm jätete, gab ihm eins auf die Birne und tuschelte ihm etwas zu, wobei sie mit dem Kinn in unsere Richtung deutete. Dswinka lächelte ihnen breit zu und schlug mit einer Hand leicht in die Armbeuge des anderen Arms, hob dieses wahrlich internationale Zeichen – offensichtlich, um seine Unzweideutigkeit zu unterstreichen.

Der Typ mit der Hängelippe konnte den Blick, trotz der immer häufigeren Klapse seiner Mutter, nicht von uns losreißen. Ich weiß hundert Pro, welchen Phantasien er sich heute Abend hingeben wird, wenn er sich im Klo auf dem Hof einsperrt. Die Frage ist nur, wann er hingeht: am Abend, wenn Mama Nachrichten schaut, oder jetzt, so lange die Eindrücke frisch sind und der Leib in Aufruhr ist.

Dswinka erriet meine Gedanken im Handumdrehen, oder dachte dasselbe, jedenfalls brüllte sie los. Ich blickte über die Schulter: Hängelippe sah uns noch immer nach und bewegte die Hand unbewußt am Stiel der Hacke auf und ab. Und hinter uns erhob sich ein Raunen: Die Omas und Opas begannen heftig zu diskutieren.

Sie erörterten wahrscheinlich unterschiedlichste Fragen. In welche Abgründe sinkt unsere Jugend? Sinkt sie überhaupt oder verfault sie einfach, wie diese bezotteten-zerlotterten-vergrotteten Freaks, die schamlos vorbeigegangen sind, *HÄNDCHEN HALTEND*? Sollte man beim

Ministerkabinett einen Antrag auf Einführung des Magdeburger Rechts im Dorf einreichen, um einer SOLCHEN Jugend das Vagabundieren zu verbieten? Oder sollte man vielleicht ohne jegliche Rechte das ganze Dorf einfach umzäunen, damit nicht jeder hereinlatschen konnte (speziell SOLCHE)? Oder wandeln sie auf dem Pfad des Verbrechens? Oder weint ihnen der Bau nach? oder Sibirien? oder Solowki? Oder sind sie Verwandte, denn verflixt, beide haben schwarzes Haar und blaue Augen! Aha, und wenn sie Verwandte sind, hat sich nicht vielleicht ein verwerflicher Inzest zugetragen, denn die Sibirjaken hielten sich an den Händen, und bei der kleinen Göre – ja-ja – kann man die Titten sehen??!

Ich hatte Bock, zurückzulaufen und dem gierigsten Opa ins Ohr zu schreien, daß verdammt ja, wir hatten Geschlechtsverkehr, haben gebumst, miteinander geschlafen, gepoppt, alles probiert, was unsere kranke Phantasie uns eingegeben hat und die illustrierte Ausgabe von »Kamasutra« in Hochglanzeinband und mit Farbbeilage für Homosexuelle! Ja, wir haben alles probiert: oralen, analen, hypervaginalen und pseudo-urethralen Sex eingeschlossen! Haben uns in allen dem menschlichen Verstand nur zugänglichen Posen geliebt, beginnend mit der klassischen Stellung und der »Reiterin« und abschließend mit den Stellungen »Keltischer Drache« und »Kapuzinerfreude«, letztere verlangt eine spezielle mehrtägige Vorbereitung, denn unvorbereitete Partner sterben unter titanischen Qualen in der einunddreißigsten Sekunde ihrer Zärtlichkeiten dieser lange Zeit von UNO und UNESCO verbotenen Pose. Ha, was sagen Sie *dazu*, Großväterchen? Zufrieden? Ich nehme an, Ihre bläulichen Lippen meinen »JA«.

6.

Hinter Hyzli, das so reich an ungewöhnlichen Eindrücken gewesen war, begann es wieder zu nieseln. Wir hatten noch etwa fünfzig Minuten. Mit schweren Füßen kamen wir am frühen Abend zu Hause an. Es war eine uralte, aushöhlende Müdigkeit, die sogar die Angst vor Fedja vergessen ließ, den wir an diesem Tag tatsächlich nicht trafen.

Ich begleitete Dswinka nach Hause, ihre Eltern waren sogar so liebenswürdig, mir anzubieten, unter ihrem freundschaftlichen Dach zu übernachten. *Nein, aber ich bin überaus dankbar für Ihre Proposition, Mam. Genauer Pani. Aber einen kleinen Imbiß schlage ich nicht aus, denn zu Hause, wie soll ich sagen, fände nicht einmal eine Kirchenmaus etwas zu essen.*

Während des großen Fressens ließ sich Dswinka ein Bad einlaufen. Mir wurde freundlich angeboten, auf ihr Schätzchen zu warten und nachher mit der ganzen Familie eine üppige Nachspeise zu essen. Ich hatte mir den Bauch schon mit Kartoffelpüree, zyklopischen Schnitzeln und wie Altweibersommer warmer Himbeersuppe voll geschlagen. Trotzdem wartete ich auf die versprochene Nachspeise, während Dswinka in der Wanne schwitzte. *Würden Sie es uns übel nehmen, Pan Mychajlo, wenn wir ein kleines Momentchen die Tagesschau einschalten? Nein, nein, woher denn, fühlen Sie sich wie zu Ha-hause, das hä-heißt, stellen Sie sich vor, daß ich nicht he-hier bin... Ich schaue auch selbst mit einem Auge hin, ob der Kupohon noch stark fallen wird... Irgendwie gähne ich pausenlos... stellen Sie lauter und ich schließe die Augen ein wenig und höre aufmerksam zu... und vielleicht lehne ich mich bei Ihnen an... oh, genau so... ist es Ihnen nicht un-*

angenehm, nein?... irgendwie kann ich nicht aufhören zu gähnen...

7.

Ich wachte am Sonntag in meinem Bett auf. Um genau zu sein, auf dem Sofa. Später erzählte Pan Jurko, daß ich mitten im Wort eingeschlafen sei. Dann fügte er noch hinzu, daß ich ein feinfühliger Gesprächspartner sei und Pani Wira recht gehabt hätte: Ich strahlte den Lemberger Vorkriegscharme aus. Diese Worte machten mich neugierig, denn ich erinnerte mich an absolut nichts.

Dswinka war in der Wanne eingeschlafen.

Sie erzählten, daß ich mich zwanzig Minuten nach dem Ausschalten des Fernsehers plötzlich bei Pan Jurko erkundigt habe, was sich ein hängelippiger Polacke aus dem Dorf Hyzli seiner Meinung nach gerade vorstelle. Zu meinem Glück verstummte ich dann wieder und ließ Pan Jurko im ungewissen. Schließlich stand ich auf (auch wenn ich mich daran nicht erinnere), dankte artig für die üppige Nachspeise (obwohl ich sie nicht probiert hatte) und preschte, nachdem ich Pani Wira und dem jungen Fräulein Kwitja Grüße bestellt hatte, ohne meinen Rucksack nach Hause.

8.

Am Morgen nahm ich erst ein herrliches heißes Bad, danach folgte ich dem Vorbild von Krychitka Polly –, dem berühmten amerikanischen Kulttouristen, Idol der Brüder Nera: Ich schlug mir den Bauch mit einer Eierspeise aus sechs Eiern voll, trank drei Tassen Malzkaffee, aß vier Scheiben Brot mit einer dicken Schicht Butter darauf, bereitete mir ein Mousse aus Erdbeeren, die ich mit der Gabel zerdrückte und mit Zucker und saurer Sahne verfeinerte, und spülte das Ganze mit einer weiteren Tasse Flüssigkeit hinunter: gezuckertem Apfelsaft mit Fruchtfleisch.

Dann legte ich mich aufs Sofa und las »Zagłada domu Usherów«* von Edgar Allan Poe zu Ende. Am frühen Nachmittag kam Dswinka mit meinem Rucksack und sagte, daß ich zur superüppigen Nachspeise von Pani Wira eingeladen sei. Um mich noch neugieriger zu machen, deutete sie an, daß es Klaräpfel geben würde.

Das reichte. Den ganzen verregneten Nachmittag verbrachte ich im Kreise der Familie Olelky.

* »Der Untergang des Hauses Usher« (poln.)

Fünftes Kapitel

1.

Ich hatte nie darüber nachgedacht, daß das Hyazinthenhaus etwas Unheimliches an sich haben könnte. Für eine gewisse Zeit konnte es sich sogar in ein Versteck vor dem minderjährigen F. und den ebenfalls minderjährigen I., S. und dem euch wenig bekannten W. verwandeln. Heute am späten Vormittag, als das Tröpfeln des Regens aufgehört hatte, ging ich auf den Markt, um dies und jenes zu besorgen, um meine Ration aufzubessern mit ein paar Gurken oder vielleicht einer Tasse Erbsen für eine Suppe oder auch mit irgendwelchen Körnern. Ich pfiff zufrieden vor mich hin. Wieso auch nicht? Die angenehme Luft, den Geschmack der gestrigen Erdbeeren mit geschlagener Sahne noch auf den Lippen, Kühle im Kopf und lebhafte Erinnerungen an Dswinkas Körper... Teufel auch, ich bin ein Mann!

Während ich mich mit diesen Kleinigkeiten abgab, vergaß ich vollkommen die Existenz des Bürgers F., der schon seit Tagen kriminelle Taten gegen mich ausbrütete. Im nächsten Moment wurde ich unsanft an Fedja et cetera erinnert. Ein Steinchen prallte von meinem Schädel ab. Der Kopf begann verräterisch zu pochen. Ich befühlte die verletzte Stelle und sah Blut an meinen Fingern.

– Was is, Hurensohn? Jetzt sitzt du in der Scheiße, – hörte ich aus wenigen Metern Entfernung. Etwas Zähflüssiges breitete sich in mir aus. Ich blickte mich um und rannte los.

Gleich zu dritt stürzten sie mir nach – Fedja, der schiefe

Sery und noch eine Mißgeburt, Wasja. Ich sprintete über einen mit Gras bepflanzten Platz, wich Bäumen aus und schlitterte über die nasse Erde. Panisch blickte ich über die Schulter zurück, die Arschlöcher wurden nicht langsamer. Als ich auf den asphaltierten Weg sprang, überraschte mich Ihorytsch, den sie wohl extra dorthin gestellt hatten. In vollem Lauf riß ich den rachitischen Ihorytsch um, rutschte über den nassen Asphalt, rappelte mich wieder auf und jagte weiter. Die Köter hinter mir riefen triumphierend und nach Atem ringend: »Du bist im Arsch, Mistkerl!« Ich schaffte es sogar mich zu wundern, wie wenige Fußgänger unterwegs waren. Nicht einmal Zeugen wird es geben.

Mir war, als saugte ich durch die Nase heiße Abgase statt prickelnder Bergluft ein. Meine Beine brannten bei jeder Bewegung, und die Leber heulte wie eine Sirene. Stille Panik: Wohin? Wo mich verstecken?

Die Köter fielen minimal zurück. Ich begriff verzweifelt: Bis zur Datscha schaff ich's nicht. Es blieb das Hyazinthenhaus. Besser Obdachlose als Fedja und alle, alle, alle.

2.

Ein paar endlose Minuten lang versuchte ich fieberhaft herauszufinden, wo sich die Tür befand. *Zum Teufel, wo bist du?*

Ich rannte um das Internatsgebäude herum. Und es schnürte mir das Herz zusammen, als ich SIE aus dem Augenwinkel erblickte, die rettende TÜR, überkreuz mit dicken Holzbrettern zugenagelt.

Irgendwo hinten ertönte Fedjas Stimme:

– Jetzt schnappen wir ihn! Er kann nicht rein!

Genau in diesem Moment sah ich eine Fensteröffnung ohne Rahmen. Die anderen Fenster waren fest vernagelt oder zerbrochen. Auch wenn ich Zeit gehabt hätte, mich durch einen engen Rahmen zu quetschen, hätte ich mich wahrscheinlich an den Glaszacken geschnitten.

Mit grenzwertiger Geschwindigkeit sprang ich durch das Fenster, hielt mich noch einen Moment auf den Beinen und rollte dann den Gesetzen der Trägheit folgend über den Boden des Zimmers und knallte mit dem Rücken gegen die Wand.

Stimmen. Renn weiter.

Und wenn die Tür zum nächsten Zimmer verschlagen ist? Was machst du DANN? Am interessantesten ist, daß niemand deine heiseren Schreie hören wird, wenn Fedja dich mit den langen, schmutzigen Glasscherben foltert.

Ich begriff verzweifelt, daß ich mich wie ein Idiot in die Falle hatte treiben lassen.

Aber die Tür war nicht verschlagen. Vielleicht war das Fenster, durch das ich gesprungen war, der Haupteingang in das Gebäude? Ohne einen Gedanken zu verschwenden, lief ich in den Flur, sah die Treppe und rannte trampelnd in den ersten Stock. Wieder hörte ich Stimmen.

Zweiter Stock. Die letzte Tür im Flur war offen. Ich stürzte hinein, suchte Unterschlupf. Ein Zimmer: eine Tür ins nächste; das nächste Zimmer: Türen in drei weitere; die Tür beim Fenster: Türen in zwei weitere; wieder die beim Fenster: Durchgang ins nächste; das nächste: das letzte ...

– Hi! Grüß dich! – ich fuhr zusammen. Die Stimme kam aus dem vorletzten Zimmer. Ich spähte vorsichtig hinein.

– Na, wie gefällt's dir? – fragte mich ein Typ, der auf einer Matratze in der Ecke lag. Ein dünner Langer, so um die zwanzig, fünfundzwanzig. Junkie, oder was?

– Was denn? Das Zimmer? – erkundigte ich mich nach Atem ringend, aber schon etwas ruhiger. Der Typ machte eine Handbewegung, als entschuldigte er meine Dummheit.

– Unwichtig... Wie heißt du? Ich heiße Mischka.

– Dann sind wir Namensvettern.

Ich musterte das Zimmer. Abgefuckte Wände, der Boden versaut, widerlich stinkend. »Bist du ein Junkie?« – lag mir auf der Zunge, aber das wäre taktlos gewesen.

– Ich bin ein Junkie, – sagte er stolz. – DAS wolltest du doch wissen? Setz dich, warte, bis sie sich verziehen. Hier finden sie dich nie im Leben.

Ich blickte Mischka verwundert an.

– Woher ich das weiß? Durch das Fenster konnte man alles sehen, – er deutete mit dem Kinn in Richtung Fenster. Interessant, nicht wahr?

Das Fenster ging auf die Berge hinaus.

Neben dem Junkie saß ein großer, schwarzer Kater. Dürr vom Leben auf der Straße, sah er aus wie eine gut gemeinte Karikatur seines Partners.

– Ist das dein Kater?

– Nee, der ist mir zugelaufen. Er lebt hier, mit mir, in einem Zimmer. Ich wollte ihn Astarot nennen, aber er hat fürchterlich protestiert, hat gesagt, daß er Wasyl heißt. So ein Kater ist das.

Ich gewöhnte mich langsam an die Gase, die von dem mit dunkelbraunen Flecken bedeckten Holzboden aufstiegen.

– Warum stinkt es bei dir so vom Boden? Liegt da eine Leiche drunter?

Mischka lachte auf, kurz und zitternd:

– Ne-ee, bloß, wenn ich mir 'nen Schuß setze, spritz ich

das Blut aus der Spritze auf den Boden... Einmal bin ich in den Keller gegangen, dachte, wär geil, sich dort einen zu drücken, – auf seinem Gesicht erschien plötzlich Angst. – Aber es ist ein kranker Ort. Ich drückte, und dann überkam's mich, ich hab angefangen, mit der Spritze Blut aus der Vene zu saugen und es an die Wände zu spritzen. *Und ich machte das la-a-ange.* Und dann bekam ich einen Riesenschreck und rannte weg. Hierher. So ein Ort ist das.

Mir wurde auf einmal übel. *Scheiße*, dachte ich.

3.

Nach einer Minute Schweigen, als ich mich einigermaßen beruhigt hatte, fragte ich:

– Ist es wahr, was erzählt wird? Angeblich gibt es hier mehr Gänge und Zimmer, als so ein Haus *überhaupt fassen* kann.

Der Junkie sah mich absolut ernst an. Er schien überrascht.

– Du weißt es?... Was das für ein Ort ist... Aber du weißt nicht mal 'nen Bruchteil von dem, was ich herausgefunden habe.

Mischka bog mit den Zeigefingern seine Ohren nach vorne und fügte hinzu:

– Man muß hören können... Dieser Ort ist was Besonderes. WAS *SEHR* BESONDERES.

– Hier... – Mischka schwenkte die Finger in der Luft, während er nach einem passenden Wort suchte. – Hier ist die Luft... nee, nicht die Luft...

– Der Raum? – half ich.

Er freute sich:

– Genau! Du verstehst, wovon ich rede. *Der Raum* ist besonders. Nicht so einer wie in der ganzen Stadt. So ein … ein anderer, als im Rest der Stadt … Dünner vielleicht? Ja, dünner. Und *wo der Faden dünn ist, da reißt er auch*, bist du im Bilde?

Ich nickte.

– Du verstehst, oder? Du bist echt clever, du begreifst, worüber ich rede.

Ich verstand nicht, aber für alle Fälle nickte ich.

– Hier sprechen sogar die Tiere. Gelle, Wasyl?

Der Kater Wasyl riß den Blick voller Verachtung vom Fenster los und ließ ihn langsam zu Mischka und mir gleiten. Plötzlich sagte er in einem leisen Tenor:

– Bodja … oder wie heißt du … Wolodja …

– Mychajlo, – sagte ihm der Junkie vor.

– *Mychajlo*! – sagte der Kater verächtlich. Noch einmal blickte er mit Geringschätzung zu Mischka und sagte dann zu mir:

– Nimm ihn nicht ernst. Er ist ein Junkie.

Ehrlich gesagt, ich schämte mich nicht mal, als meine Harnblase nicht standhielt und einen mickrigen Tropfen Flüssigkeit entließ. Der Mund wollte (oder konnte?) sich nicht schließen.

– Siehst du? – fuhr Mischka fort. – Die Wirklichkeit! Ich weiß alles darüber an diesem Ort. Am *Trip* wird alles deutlich. Besonders was den Raum hier betrifft.

– Ja? Und was weißt du?

– Er ist dünner geworden. Um vieles dünner in den letzten Jahren. Und wir sind Ihnen näher gekommen. Oder vielmehr Sie uns.

– Wer sind »Sie«?

Mischkas Gesicht verkrampfte sich.

– Schau noch mal in das Zimmer dort.

Folgsam ging ich hin und schaute hinein. Vielleicht hatte ich es beim ersten Mal nicht bemerkt, aber... Aber, mir scheint, daß es die Aufschrift DAMALS einfach nicht gegeben hatte.

An der Wand stand in dunkelbraunen Buchstaben geschrieben:

YOG-SOTHOT PG N'NG LUEE NG'LAH
'Ktalf'hn Yog-Sotot pg'nglu'ee 'nglah'
ng'ay-e Yog-Sothot
Y'AI'NG'NGAH
YOG-SOTHOT
H'EE-L'GHEB
F'AI'TRODOGH'NG
UAAA'AKH

Außerdem waren da haufenweise verschnörkelte Zeichen, die irgendwie an arabische Schriftzeichen erinnerten.

Ich betrachtete diesen Blödsinn verzaubert und spürte, wie mein Mund austrocknete. Womit war das geschrieben? Mit einer speziellen roten Tinte? Blut? Schlamm? Fäkalien? *Wer* hat es geschrieben? Wohl nicht Mischka.

– Na? Gefällt es dir? – tönte es aus dem anderen Zimmer. – Siehst du sie?

– Die Wand mit den arabischen Buchstaben?

Mischka antwortete nicht.

– Hast du das geschrieben? – fragte ich zur Sicherheit.

Als Antwort lachte er nur. Ich ging wieder zu ihm.

– Glaub mir, Mychajlo, ich weiß, wie das alles angefangen hat. Und kann mir vorstellen, womit es enden wird.

– Erzähl.

Es wurde interessant, obwohl die Erzählung sicher in einer gewöhnlichen Drogenphantasie enden würde.

– Das ist eine sehr abartige Geschichte. Ich kenne nicht alle Details, frag also nicht nach… Aber ich habe genug erfahren, um nicht mehr ruhig schlafen zu können.

4.

– Kennst du Romko Korij?

Ich schüttelte den Kopf.

– Jetzt ist er Ende fünfzig. Alles begann mit ihm. Durch ihn. Ich glaube, er war Steuermann auf dem Schiff »Kapitän Newelskyj«. Ein Handelsschiff, lange Fahrten. SIE fuhren sogar bis Polynesien und ES kam von dort, von einer der Inseln, Uvea, wenn ich mich nicht irre. Ihr Schiff überquerte zufällig die Grenze zwischen den Kiribati-Inseln und den zu den USA gehörenden Marshall-Inseln. Verrückte Dinge gingen ab, und das Schiff wurde auf einer der Kiribati-Inseln über ein halbes Jahr festgehalten – auf diesem Atoll, Uvea, oder so. Die Unsrigen wollten Zeit gewinnen, denn diese Gebiete waren eine heikle Sache, ganz in der Nähe veranstalteten die USA ein Militärspektakel. Darum waren sie DORT auch so lange.

Und in dieser Zeit veränderte sich die Crew irgendwie. Korij ebenfalls. Kapierst du? Eine neue Glaubenslehre, eine andere als auf den übrigen Inseln. Eine böse Religion. In diesem halben Jahr bekam Korij einen derartigen Dachschaden, daß er bei seiner Rückkunft nicht mehr zu erkennen war. Quatschte solchen Stuß, daß Bekannte ihn zu meiden begannen… das war seine letzte Fahrt. Und ich habe gehört, daß Korij nicht der einzige war – die ganze Crew ist wild geworden. Besser gesagt, verrückt. Aber alles wurde in den Deckmantel des Schweigens gehüllt, und die Regierung, das heißt die Partei, vertuschte die ganze Geschichte der »Kapitän Newelskyj«. Und wenn Midni Buky nicht so ein Scheiß-Kaff wäre, hätte man Korij bestimmt in die Klapsmühle gesteckt.

Aber ich bin mir nicht sicher, ob dieser Typ wirklich restlos übergeschnappt ist. Denn er brachte einen Haufen verschiedener Souvenirs mit... Jedenfalls sahen sie aus wie Souvenirs. Geschnitzte Skulpturen... Widerliche Dinger. Ich habe eine davon in der Hand gehalten, er hat sie mir gezeigt. So ein verkacktes Teil, da checkst du nicht gleich, was du in der Hand hältst – eine Spinne, einen Kraken oder irgendeinen Drachen, weiß der Teufel was. Sieht aus wie alles auf einmal. Und das Komische dran: Du hältst so ein Ding 'n Moment, und schon kriegst du Schiß. Sie ist so schwer, die kleine Skulptur, als wäre sie nicht aus Vulkangestein, sondern aus... keine Ahnung... aus Eisen. Und danach will man sich unbedingt die Hände waschen. Als würde sie etwas aus dir herausziehen. Ich war total perplex, als ich ihm dieses Ding zurückgab. Begann meine Hände an der Hose zu reiben, aber trotzdem blieb ein komisches Gefühl. Ein ekelhaftes. Ja, genau... man will sich nachher die Hände waschen. Und dann noch Bücher! Sag mal, du bist ja intelligent: Woher haben die Typen auf der Insel in Polynesien, Aborignine, oder wie sie heißen, woher haben die solche Bücher? Große Bücher, dicke, hab's selber gesehen. Er brachte drei Bücher als Andenken, riesige, wie Wörterbücher, mit Ledercover... das heißt... Ledereinband. *Handgenäht*. Und wovon sie handeln – keine Ahnung. Zwei Bücher in Latein, aber es ist irgendwie mißraten. Sogar ich hab gesehen, daß die lateinischen Buchstaben verdreht waren. Und ein Buch in diesen arabischen Schnörkeln wie im andren Zimmer an der Wand, verstehst du?

Ich nickte, spürte eine Kälte im Bauch.

– Hast du von diesem Araber gehört, Abdul Alhazred? Nee? Eines der Bücher ist von ihm. Das mit den Schnörkeln. Das ist kein Original, sondern einfach ein handgeschriebenes Duplikat. Und Titel haben die, wie ich sie mir nie und nimmer hätte ausdenken können. Und stell dir vor, ich hab sie mal durchgeblättert, die Bilder angesehen... Korij hat bei irgendwem gelernt, diese ganze Hirnfickerei zu lesen. Er hat erklärt, was jede einzelne Zeichnung bedeutet. Und wovon welches Buch handelt. Damals ist mir der Schlaf abhanden gekommen.

– Und wie hießen sie... diese Bücher?

Der Junkie lachte schief:

– Die Titel... Das von dem verrückten Araber heißt »Necronomicon«. Das zweite »Die Geheimnisse der Würmer«. Ein anderes »Die Kulte der Ghoulen«. Die Ghoulen sind so ein Volk oder Stamm. Hat Korij gesagt. So wie die Tschuktschen. Aber er hat gesagt, daß sie keine richtigen Menschen sind, diese Ghoulen. Er hat gesagt, daß einige von ihnen die Zähne schärfen und ihre Zähne aussehen wie scharfe, gelbliche Dreiecke. Sie lieben rohes Fleisch, die Ghoulen. Wie die Mongolen. Und sind aus dem Leng-Tal.

– Wo ist dieses Tal?

– Angeblich irgendwo in Asien. Korij sagt – hinterm Polarkreis. Menschen, von denen man glaubt, sie wären auf diesem Plateau gewesen, verbannt man aus der Gemeinschaft, denn sie ziehen das Unglück an.

– Du hast »SIE« erwähnt... Wer sind »SIE«?

– SIE sind die, die von den fernen Sternen gekommen sind, von den toten, erloschenen Sternen, aus Alten Welten – so hat sie Romko genannt. Von so fernen Orten, daß sich ein Mensch die ENTFERNUNG zu ihnen, zu diesen Himmelskörpern, nicht einmal vorstellen kann. SIE, die Anderen, lebten dort, und jeder von ihnen war wie ein Gott... Höhere... *ANDERE*.

– Und was hat das mit dem Internat zu tun?

– Korij war noch mehr oder weniger normal, als er hierherkam. Und hier... Er hat was gespürt, und diese Glaubenslehre hat ihn gefangengenommen, begann ihn so zu beherrschen, daß er jetzt sicher schon durchgedreht ist. Alle haben gesehen – es passiert was Böses. Alles war zu glatt gelaufen für Korij. Und dann wurde auch noch seine Frau schwanger. Als sie schon beinahe sechzig war. Romko war damals sicher schon dreiundsechzig – mindestens. Es gibt Gerüchte, daß die Frau kein Kind zu Welt gebracht hat, sondern irgendeine MISSGEBURT. Hörst du? Ganz mit Fell bedeckt, dreilippig und auf dem Bauch eine Brustwarze neben der anderen. Seine Frau hat sich selbst kalt gemacht: erstickte das Kind und trank dann einen ganzen Becher Gift aus Kartoffelkäfern. Und weißt du was? Niemand hat Korij auch nur ein Wort des Beileids gesagt. Niemand verstand, was vor sich ging, und darum haben sich alle gefürchtet. Zu viel »KOMMT NICHT VOR«: Es kommt nicht vor, daß eine Frau mit sechzig ihr *erstes* Kind bekommt... So was sieht man im Fernsehen – irgendwo in Schweden oder Japan. ABER NICHT HIER, IN MIDNI BUKY! DAS KOMMT NICHT VOR! Es kommt nicht vor, daß eine Kuh so oft und gut kalbt und die Kälber verschwinden... eins nach dem anderen. Es kommt nicht vor, daß sich Spatzen auf jeden Quadratzentimeter von Korijs Haus setzen und die Hunde anschlagen, wenn sie in die Nähe seiner Scheune kommen... IRGENDWAS WAR FAUL!

Nach dem Tod seiner Frau begann Korij zu trinken... und sich ernsthaft für Bücher zu interessieren. Einmal kam er zu mir, mit einer Flasche Selbstgebranntem, er war grau wie Nebel. Ich fragte, was los sei. Er antwortete, daß er irgendwo ganz weit weg gewesen sei, wo vor ihm noch niemand war. Sagte: »Ich war bei *Ihm* zu Hause«, aber weiter erklärte er nichts.

Und weißt du, was? Er sagte, daß er endlich verstanden habe, wozu er diese Bücher braucht. Korij sagte, daß er hier im Keller einen Plan realisieren würde. Und er hat wirklich etwas gemacht. Er und noch so ein Typ, der aus Amerika gekommen ist. Ging in die Schule, ins Stadion, nahm die Kinder unter die Lupe. Er brauchte jemand Besonderes. Dann fand er dieses ETWAS im kleinen Tschornyj – kennst du Ihor Tschornyj?

Ich nickte vage:

– Auf der Straße würde ich ihn erkennen. Aber mit ihm geredet hab ich noch nie.

– Korij hat gesagt, daß jemand Großes mit Tschornyj vorhabe. Er versuchte Ihor für die Bücher zu begeistern, aber diese verkackten Teile bereiteten Tschornyj Arschsausen. Ihm hat das alles einen Riesenschreck eingejagt.

Schließlich machte es Korij gemeinsam mit dem Amerikaner. Wolter, oder Walter. So ein Buckliger mit angeknackstem Schädel. Und das, was sie ins Fundament gelegt haben, wirkt langsam. Es verdünnt den Raum zwischen uns und IHNEN. So hat Korij es gesagt, obwohl ich damals null verstand.

Jetzt wird der Raum dünner und nimmt neue Qualitäten an. Schau noch einmal in das Zimmer. Vielleicht siehst du sie jetzt.

Ich tat, was Mischka mir riet. Ging ins Zimmer und hielt mir sofort die Nase zu. Am Boden an der Wand lag eine tote Frau.

Eine tote, *nackte* Frau.

Eine tote, nackte, *schwangere* Frau.

Eine alte, faltige, mit widerlichen Brüsten und einem weißen, aufgeblähten Bauch, auf dem blaue Venen hervortraten. Fliegen umgaben die Leiche wie ein schwarzes, aufreizendes Korsett. Ameisen krochen über den runden, wie eine Trommel aufgeblähten Bauch, krochen in das große Dreieck aus Haaren und noch tiefer ... Ob sie es bis zum Fötus geschafft haben? Weiße Maden bewegten sich in ihrer verwelkten Vagina, krochen aus dem halbgeöffneten Mund, den Nasenlöchern und Ohren. Sie wanden sich unter den eingefallenen Wangen – ein Mund voller weißer, rastloser Maden, wie bei einem Kind, das die bemühte Mama mit Essen vollstopft. Griesbrei in den Backen, Griesbrei auf den Lippen, Griesbrei am Kinn.

Ich kotzte gleich hier neben der Frau das ganze Frühstück aus. Wischte mir die Reste von den Lippen und rannte zu Mischka. Der saß immer noch mit ernster Miene auf der Matratze.

– Als sie das Kind in sich trug, führte Korij ein bestimmtes Ritual an ihr aus. Aus jenem Buch ... Und weißt du, irgendwann dachte ich: »Ja, der Alte ist übergeschnappt«. Aber nicht jetzt ... Nicht jetzt. Die tatsächliche Entfernung zwischen unseren Welten ist kolossal. Vielleicht kann man von unserem Weltall überhaupt nicht zu IHNEN gelangen. Aber der Raum, sagte Korij, ist gefaltet. Und dort, im

Keller, löst sich die Grenze langsam auf, um IHNEN einen Ausgang zu verschaffen.

Mit der Ankunft dieser für unsere Welt antinatürlichen *Kräfte* beginnt der Anfang vom Ende. Ich weiß nicht, welchen der Großen Korij hierherlocken will. Er nannte etwa zehn gotteslästerliche Namen: Shub-Nigurath, Yog-Sothoth, Cthulhu, Nyarlathotep, S'nugg'ha, Dagon und Hastur, Huizilopochtli, Wendigo, Ithakua und Azathoth. Korij ging in Bibliotheken. Suchte die allerkleinsten Hinweise auf IHRE Anwesenheit auf der Erde. ER FAND SIE! Und er erzählte mir einfach alles, denn vor wem sonst könnte ein halbkrepierter Fixer auspacken??? *Götter!* SIE *kommen und verschlucken uns.* Dieser Tschuwak, Korij, – der gehört eindeutig ins Irrenhaus. Denn er hat diesen wilden Kult zu uns gebracht. Nachts, auf dem *Trip*, denk ich immer: Cthulhu und Dagon in Mikronesien. Nyarlathotep bei den Inkas. Huizilopochtli, der Kolibri-Gott, bei den Azteken. S'nugg'ha bei den Aleuten und Eskimos. Dünne Orte. Sie hatten immer das Ziel, IHNEN die Tore zu öffnen. Wen haben wir denn? Shub-Nigurath mit tausend Jünglingen? Der amorphe Cthulhu aus der Unterwasserstadt R'lyeh? Der Große Wurm Yog-Sothoth? Jede Nacht habe ich Angst einzudösen, lausche den Geräuschen in der Dunkelheit, ob ich nicht höre, wie jemands klebrige Fangarme durch das Loch dort… im Keller… schlüpfen…

5.

Ich glaubte ihm kein Wort. Es hatte sich nicht gelohnt zuzuhören, ganz klar – die Hirngespinste eines Opiumrauchers. Am Ende sagte er, daß sich meine Verfolger längst verzogen hätten. Ich machte mich auf den Heimweg.

Lügengeschichten. Aber entsetzliche. Und was ich gesehen habe – ihr könnt mir den Kopf abhacken – hatte einen sehr prosaischen Grund: Wahrscheinlich hat der Junkie Kleber oder Farbe geschnüffelt, hat sie vielleicht auf dem Boden verschüttet. Na ja, und das hat auf mich gewirkt. So was kann durchaus sein, oder nicht? Ja. Am ehesten war es so. Ein ganz normaler, zu einem Nichts zerstochener Junkie.

Ich fragte Dswinka, wer Korij sei.

Korij? Ach, *Korij!* Es gab mal so einen Seefahrer bei uns. Man sagt, seine Frau hätte ihrem Kind den Hals umgedreht und sich dann aufgehängt. Jetzt lebt er allein. Geht fast nie aus dem Haus. Trinkt.

Trotzdem glaubte ich kein Wort. Er könnte im Rausch alles mögliche sehen.

Das einzige, das ich jetzt sicher wußte – das Hyazinthenhaus ist tatsächlich ein übler Ort. Und besser setze ich keinen Fuß mehr hinein.

6.

In der Nacht wachte ich auf und sah die Silhouette einer einsamen, gebeugten Gestalt mit einer schweren, kantigen Last in der Hand. Einen Moment hielt die Silhouette im Mondschein inne, blickte zu den Bergen und kroch dann durch das rahmenlose Fenster ins Internatsgebäude.

Sechstes Kapitel

1.

Hippie kam von seiner Reise nach Timbuktu, Staat Alaska, USA oder wohin er auch gefahren war, zurück. Fröhlich wie ein Bekloppter zu Ostern. Hippie traf sich mit Dswinka, und zu zweit kamen sie zu mir auf die Datscha. Er hatte die Spendierhosen an: brachte Zigaretten und Eis. Bei zunehmender Hitze hörten wir zwei Stunden lang verschiedene Geschichten über Terebowlja und dessen Bewohner.

Der Glatte Hippie erzählte in der Tat abartige Dinge. Über eine Gruppe, die sich aus fünf Punks und zwei Punkladies zusammensetzte. Darüber, daß sie ihn in ihren Punk-Club aufgenommen haben. Über drei unvergeßliche Tage in dieser Organisation und über diverse mordsinteressante Späße, die sie in dieser Zeit getrieben haben, zum Beispiel tranken sie Alkohol-Rektifikat aus einem Kanister, der vom höchsten Punk gebracht wurde (wobei sich jeder einen Cocktail in angemessener Stärke selbst mixte, indem er Destillat in seinen Becher zugoß); über das Spiel »Maritschka«, bei dem ein Drei-Liter-Glas Bier herumgeht und anstelle des getrunkenen Biers Wodka nachgefüllt wird, und zwar die gleiche Menge. Ziel des Spiels: undefinierbar. Strategie: keine.

Über die abseitige Initiation in diesem Punk-Club, während der man sich (mindestens) einen Monat nicht waschen darf und sich, ohne Angst zu zeigen, die örtliche Hure Anka nehmen und sie ohne Verhütungsmittel bumsen muß (der Glatte Hippie war schon bereit, dieses Ritual zu durchlaufen, erfuhr aber rechtzeitig, daß Anka im Herbst fünfzig wurde und ihr Körper faltig war wie einer dieser zerknitterten türkischen Trainingsanzüge).

Über die angeblich auf dem Terebowljer Friedhof gegründete Kneipe »Nekrophil«, die von Satanisten, Masochisten und Kabbalisten besucht wird. Dort werden unübertroffene Shakes westlichen Stils gemixt: »Toter Moskalyk« (Eau de Cologne »Waldholz«, Marinade von eingelegten Gurken, ein eingelegter Kohlkopf), »Kalmar-Orgasmus« (Tomatensaft, zwei Gläser Salz, roter Paprika, ukrainischer Pfefferwodka), »Schwester Melissa«, »Spinne«, »New York – Stadt der Kontraste« (hier, meinen Spezialisten, sei es das wichtigste, mit dem Dichlophos nicht zu übertreiben), »Blinder Musikant« (zu seinen Besonderheiten zählt, daß der Drink mit einem Stück Klaviersaite gereicht wird), »Schwarzer Gondoliere«, »Tschad-See« (aufgrund der Masutflecken an der Oberfläche beschloß Hippie, dieses Gesöff nicht zu probieren), »Polyvinylacetat Paradies« und viele andere feine Mixturen, deren Zusammensetzung mir den Schweiß auf die Stirn trieb.

Über die Freak-Brüder Jurko und Wowa, die dieses sagenumwobene »Nekrophil« gegründet hatten. Darüber, wie sie je eine Drei-Liter-Flasche Bier zur Musterung mitnahmen. Und als die Krankenschwester Urin für die Analyse einforderte, gaben sie ihr mit glücklichen Gesichtern Gläser mit Bier. Als sie von der fassungslosen Schwester zu hören bekamen, daß dies für die Analyse zu viel sei, schlürften sie vor ihren Augen das Überschüssige weg.

Wir erfuhren sogar von dem Direktor einer Terebowljer Schule, den alle Bormann nannten. Einmal brachte ein Junge ein Eineinhalb-Liter-Glas mit zur Schule, das bis an den Rand mit menschlichem Sperma gefüllt war. Das Sperma hatte der Junge angeblich von seinem Onkel, der im Medinstitut arbeitete, und er hatte den Auftrag, es hier zu verkaufen. Aber der geheime Klient lehnte das Sperma ab, und der Junge ging mit dem Glas prahlend durch die ganze Schule und brachte schreckhafte Mädchen zum Kreischen. Deswegen wurde das Glas von diesem Bormann konfisziert. Bormann packte es in seine Ledertasche und ging seelenruhig in die nächste Stunde, die er in der Klasse des Jungen hielt. Er wollte gerade einen Haufen Fünfen eintragen, öffnete die Tasche und stieß vor Schrekken und Verwunderung einen Schrei aus, als er seine von menschlichem Sperma triefende Brille herausholte. Der Deckel hatte nicht gut geschlossen. Den Jungen wollte man für einige Wochen vom Unterricht suspendieren, aber er beteuerte, daß es sich bloß um Kleister gehandelt habe.

2.

Grün.

Als unser Vorrat an »Stories« erschöpft war, plauderten wir einfach so, über nichts. Und mir ging nicht aus dem Kopf, *was* wir ausgebrütet hatten. Vorläufig nur Dswinka und ich. Ich hatte ein ungutes Gefühl.

Grün.

3.

Orange.

Wir saßen auf einem gigantischen, flachen, erhitzten Stein am Fluß. Ich, Dswinka, Hippie. Der Fluß war nach dem kürzlichen Regen noch zu schmutzig zum Baden.

Wir besprachen den Mord.

Wir befanden uns außerhalb der Stadt, an einem menschenleeren Ort. Als Hippie hörte, was für eine sündige Tat wir uns ausgedacht hatten, schrie er nicht los, ob wir denn übergeschnappt seien. Er blickte schweigend ins Grün der nassen Blätter. Sehr lange.

Und dann nickte er.

Orange.

4.

– Am besten wäre es, ihn zu vergiften. Ihm was zu essen zu geben oder ins Essen zu streuen ... – schlug der Glatte Hippie vor.

– Petja Dupa – fiel mir ein – hatte eine Ampulle Zyankali. Übrigens haben die Elftkläßler am Samstag Abschlußfeier ... – obwohl Fedja zwei Jahre älter war als wir, war er erst in der Zehnten gewesen. Und jetzt würde er in die Elfte kommen.

– Ich erinnere mich, daß Petja das Zeug an seinen Meerschweinchen ausprobiert hat. Und er hat alles verbraucht, – rief Hippie uns ins Gedächtnis.

Da begann Dswinka zu reden, die zuvor in Richtung Stadt gestarrt hatte, vielleicht um nach heimlich in unsere Richtung schleichenden Gestalten Ausschau zu halten.

– Samstag. Wir müssen es diesen Samstag tun. Die Abschlußfeier fällt mit dem Tag der Jugend zusammen. Ihr habt es doch selbst gehört: Die Tschuwaky von »Krywa Ljufa« kommen, und Lewko Durko ist auch da ... In der Stadt wird es ohrenbetäubend laut sein, und genau das brauchen wir. Na ja, falls wir es *wirklich* tun.

Sie schaute uns fragend an.

– Ja. Am Samstag.

– Wenig Zeit… – murmelte Hippie skeptisch. Ich wußte, daß er Angst hatte, ahnte aber auch, daß er nicht abspringen würde. Auch er hatte die Nase voll. Alle hatten die Nase voll.

– Eine Woche. Sogar weniger. Und nach dem Abschlußabend sind die Straßen wieder wie leergefegt. Wie sollen wir ihn deiner Meinung nach erledigen, ohne Aufmerksamkeit zu erregen? In einer kleinen Stadt wie Midni Buky fällt das spurlose Verschwinden des größten Hooligans jedem auf.

Der Glatte Hippie schwieg und biß an seiner Oberlippe herum. Endlich sagte er:

– Ich habe eine Pistole, noch von Vater. Eine Makarow, wenn ich nicht irre. Mit vollem Magazin.

– Okay, – sagte Dswinka. – Nehmen wir an, daß wir ihn damit abknallen. Erstens wird man den Schuß hören. Und wohin mit dem Körper? Zweitens finden sie ihn. Drittens kommt die Kugel zur Analyse. Hä?

– Wir können ihn aus der Stadt locken. Ihn dort abpassen und in die Berge führen. Zum Abknallen, wie du gesagt hast, – schlug ich vor.

– Wohin mit dem Körper, Alter? Und die Kugel, was machen wir mit der?

Hippie, aber auch Dswinka und ich waren überzeugt, daß es leichter wäre, uns zu finden, als freihändig zu pinkeln, wenn es eine Kugel gäbe. Sobald man herausfindet, daß nicht aus der Dienstwaffe eines Milizionärs geschossen wurde, beginnt man die Zivilen zu überprüfen. Die Mutter wußte, laut Hippie, von der Knarre, und sie würde sich lange nicht beruhigen, wenn die Bullen zu ihnen ins Haus kämen und sagten, daß die Kugel offensichtlich zu einer Pistole des Typs Makarow gehörte.

– Oder vielleicht wenn er sich am Abschlußfest besäuft, – begann Dswinka, – sagen wir, ich locke ihn zum Fluß, zu einer tiefen Stelle. Er könnte ausrutschen ...

– Nicht ohne Nachhelfen unsererseits natürlich.

– Natürlich ... Ist ausgerutscht und mit dem Gesicht auf einen Stein gefallen ... oder hat sich den Kopf angeschlagen. Wasser geschluckt ... Interessant, ob Gerichtsmediziner unterscheiden können, ob das Opfer mit dem Kopf auf einen Stein geschlagen ist, oder der Stein auf den Kopf des Opfers ...

– Gehirnerschütterung ... Betrunken ... Wir könnten ihn noch mit Wodka abfüllen. Betrunkene ... Betrunkene fischt man oft tot aus Flüssen oder Seen.

– Unzuverlässig.

– Riskant.

– Unzuverlässig, riskant und ineffektiv. Als ob man sich im Zentrum vor ein Auto wirft.

Autos fuhren in Midni Buky selten. Sehr selten.

– Gut, – sagte ich. – Stellen wir uns vor, wir hätten ihn schon erledigt. Konkret, daß er auf direktem Weg in die Leichenhalle kommt. Und von mir aus hinterlassen wir keine anderen Spuren als die am Körper. Wohin mit ihm?

– Wir können ihn hoch in die Berge schleppen, wo ihn die Wölfe fressen.

– Hippie, so was gibt's nicht, – widersprach Dswinka. – Das Beste wäre, ihn zu vergraben. An einem menschenleeren Ort.

– Vielleicht auf dem Friedhof? Niemand außer dem Totengräber würde ein frisches Grab bemerken. Und die Bullen würden dort nicht suchen, das ist schon was.

– Ja, Kollegen. Wenn wir schon beschlossen haben, ihn zu erledigen, müssen wir uns auf ein Zusammentreffen mit den Organen vorbereiten, – ich sah, wie Hippie erblaßte.

– Und verbrennen? Misko, vielleicht wäre das was? Verbrennen, hm?

– So gut wie unmöglich. Wir bräuchten ein Krematorium in Midni Buky. Oder ein mit Kohle betriebenes Wärmekraftwerk, um den Körper irgendwo hineinwerfen zu können. Scheiße, wohin damit?!

– Hört zu, vielleicht... Vielleicht totmachen, zerschneiden, na ja, zerstückeln eben, in Rucksäcke packen und mit der Regionalbahn weit wegfahren? Und ihn dort auf eine Müllhalde werfen?

– Ehrlich, KÖNNTEST du so was tun? Ihn auseinandersägen und dieses ganze Zeug? Zum Teufel, wir sind ja keine *Sadisten*, wir...

– Wir wollen nur ein Schwein fertigmachen, das uns alle schon ordentlich angeschissen hat. Hab ich recht? Wir sind unschuldig wie Engel.

– Ich meine nur, daß wir nachher weiterleben müssen. DAMIT LEBEN MÜSSEN. Ich will nicht wegen der Erinnerung, wie ich Fedjas Kopf mit einer Brotsäge bis zum Knochen durchgesägt habe, den Verstand verlieren.

– Wir könnten ihn zum Beispiel auch mit einer zerbrochenen Flasche böse zurichten. Alles in Handschuhen. Damit es nach einer besoffenen Schlägerei aussieht. Und niemand wird uns damit in Verbindung bringen...

– Einen verdammten Scheiß richten wir ihn zu. Er ist stark wie ein Bulle!

– Hey, Mychasko! Erinnerst du dich an den Sumpf, den ich dir gezeigt habe? Damals.

Ich nickte. Von dem Weg, den Dswinka und ich entlang

gewandert sind, zweigt nach etwa fünfzehn Minuten ein Pfad ab. Er führt in den Wald. Und verzweigt sich dort. Ein Weg führt zu dem gigantischen Ameisenhaufen und der andere zu einem riesigen Moor. Es ist eingezäunt und erinnert an eine liebliche Weide mit saftigem Gras. Unter der dünnen Graskruste jedoch, die die Erde bedeckt, liegt ein trüber, tückischer Sumpf. Man erzählt, daß dort sogar eine Kuh ertrunken ist. Menschen setzen keinen Fuß hinein, weil sie wissen, welche Gefahr ihnen droht. Der Zaun ist für Touristen und das Vieh.

– Du kennst ihn auch, Hippie, oder? Also: Angenommen, wir haben ihn erledigt. In der Abschlußnacht nehmen wir ihn, eine Schaufel und irgendwas Schweres. Wir lokkern die Stelle davor ein bißchen mit einer Hacke. Damit er gut untergeht. Na ja, und er wird *hineingezogen*. Oder eingesaugt. Das war's, Sonnenschein ... Niemand denkt auch nur im entferntesten daran, seinen Körper in diesem Morast zu suchen. Was meint ihr?

Hippie und ich tauschten Blicke. Die Idee war ziemlich brauchbar. Denn falls es *wirklich* soweit kommt und man ernsthaft nach dem Körper suchen wird, steigt kein Taucher da hinein. Hofften wir zumindest.

– Und er wird auch sicher nach unten gezogen? Könnte es nicht passieren, daß Misko und ich ihn mit einer Schiene am Hals in den Sumpf werfen und er auf der Oberfläche liegenbleibt?

– Er wird auf jeden Fall nach unten gezogen ... Es hat stark geregnet. Der Sumpf ist aufgeweicht. Das Wasser tritt wahrscheinlich sogar durchs Gras.

– Paßt auf, – unterbrach ich sie, denn gerade war mir ein super Gedanke gekommen. Vorausgesetzt natürlich, daß man bei einer solchen Angelegenheit gute Gedanken haben kann. – Wir warten, bis Fedja ordentlich einen sitzen hat … Einer von uns lockt ihn in den Wald. Dort ziehen wir ihm mit was Schwerem eins über. Er wird ohnmächtig und kommt erst am Grund des Sumpfes wieder zu sich. Mit diesem schweren Etwas am Hals. Wie gefällt euch das?

– Und wenn wir nicht fest genug zuschlagen … Oder *zu* fest? Und ihn zu früh erledigen?

– Macht es denn einen Unterschied für uns? In jedem Fall ist er praktisch schon tot.

– Nöö, Mychas. Wir locken ihn aus der Stadt. Allein. Das ist sehr wichtig …

– Hört her, vielleicht locken wir ihn sofort in den Sumpf?

– Hippie, Fedja würde nicht so weit laufen, vor allem nicht, wenn er einen sitzen hat. Er würde uns sonstwohin schicken.

Es wurde still. Jeder brütete über seinem Plan, perfektionierte die Details. Wie kleine schwarze Katzen, deren lange, buschige Schwänze sich um den eigenen Körper legten, rollten sich unsere Schatten vor unseren Füßen zusammen. Der Körper. Wir hatten schon einen Ort, wo wir ihn verschwinden lassen könnten. Ich war überzeugt, daß es klappen würde.

Wieder sprach Dswinka. Langsam, jedes Wort sorgfältig wählend, wahrscheinlich prüfte sie im Kopf, ob sich ihre Aussagen nicht widersprachen.

– Irgendwer lockt den sternhagelvollen Fedja in den Wald. Wo niemand ist. Dort springt der Rest hervor, einer mit der Pistole, der andere mit dem Isolierband. Während der erste ihn im Visier behält, fesseln ihm die anderen die Hände und kleben ihm den Mund zu. Dann führen wir ihn zum Sumpf. Kleben ihm die Nase zu und fesseln seine

Beine. Ihr zwei werft ihn in die Mitte der Lichtung, die dünne Erdschicht bricht unter dem Gewicht seines Körpers ein, und Fedja sinkt ohne überflüssige Last auf den Grund.

– Aber Tote schwimmen doch meistens auf...

– Na gut, dann binden wir ihm eben ein Stück Armatur an die Brust, okay?

Mir wurde echt bange. Ich glaube, dem Glatten Hippie und Dswinka auch. Von den eigenen Worten. Vielleicht verstanden wir in diesem Moment WIRKLICH, was wir vorhatten. Aber verdammt, mir stand die Scheiße so hoch, daß sich als einzige Reaktion auf die Angst der Wunsch breitmachte, es so schnell wie möglich zu tun. Einfach um zu spüren, wie das ist – seinen bittersten Feind zu erledigen... Zu erledigen und mit einer weißen Weste davonzukommen und zu vergessen, daß so eine Arschgeige wie Fedja jemals über Gottes galizische Erde gestapft ist.

– Verdammt... – sagte der Glatte Hippie gepreßt. – Wir... Fedja... Wir machen das. Und es bleibt unter uns – zwischen uns und Fedja.

Ist es leicht, ein Mörder zu werden? Ich weiß nicht, ob es wirklich so leicht ist.

Aber wir wurden Mörder, so ist das. Wir lernten, wie man es werden konnte.

Und man muß sagen, wir waren fleißige und gewissenhafte Schüler. Fedja ließ uns keine Wahl.

5.

Wir gingen nach Hause, jeder hatte zu tun. Als ich zur Datscha zurückkehrte, blickte ich mich ständig um, ob Fedja nicht irgendwo herumschlich. Ich hatte Lust auf etwas Besonderes, Omelett du Fromage aus Wachteleiern auf Schneckenschenkel-Sauce zum Beispiel.

Eine Weile räumte ich den Inhalt des Kühlschranks von links nach rechts und wieder zurück. Schließlich entschied ich mich für Bratkartoffeln mit Speck.

6.

Nach dem reichhaltigen Mittagessen lag ich ein wenig auf dem Sofa. Plötzlich sprang ich auf und lief zum Spiegel.

Schwarzes Haar, das ich ausschließlich mit den gespreizten Fingern der rechten Hand kämmte. Dadurch wuchs es, obwohl es sich im wesentlichen nach hinten legte, in pechschwarzen Strähnen, die an den Schmuck aus Rabenfedern der Sioux-Schamanen erinnerten. Das imponierte mir: In Lemberg würde ich so einen Underground in hundert Jahren nicht sehen.

Krankhaft blasses Gesicht. *Die Haut der Mutter*, dachte ich. Hervortretende Backenknochen. Ein beweglicher Mund und die Lippen, als wäre ich vor drei Tagen ertrunken. Bläulich-violett. Die hatte ich angeblich von Vater.

Augen und Lächeln. Verdammt, die Augen – keine Ahnung von wem, und das Fletschen der Zähne haargenau wie bei Vater. Die Augen hatten die Farbe von zerstoßenem Eis. Hellstes Blau.

Alle haben wir blaue Augen, fiel mir plötzlich ein. Der Glatte Hippie – ungestümer Kobalt, unaufhaltsame Siegesbläue, Berliner Azur des Winters 1941. Sie konnten auf magische Weise aufflammen, diese Augen ...

Dswinka? Ein weicher, tiefer Farbton. Wie ein sonniger Oktoberhimmel im Altweibersommer. Eine gute Farbe.

Ich blickte noch einmal in meine Augen. Zerstoßenes Eis mit kupferfarbenen Einsprengseln. Zu wenig, um ihnen die sexuelle Anziehungskraft zu geben, die Dswinka hatte. Kalte Augen, ein kalter grinsender Mund. Ein verdächtiges Zähnefletschen, das eher an einen eingeklemmten Nerv denken ließ, an eine physiologische Behinderung, an eine Verletzung durch die Geburtszange, als an den Ausdruck freundschaftlicher Gefühle. Natürlich kann Misko Krwawitsch breit von einem Ohr zum anderen lachen und dabei fröhlich seinen Freunden zuwinken – das kann man ihm nicht absprechen.

Aber es gibt ein zweites Lächeln – ein bloßes Hinaufziehen der Mundwinkel.

Bei einem solchen Lächeln und solchen Augen kommt man schnell auf die Idee, daß du am Morgen deinem Alten mit dem zweigeteilten Ende eines Hammers den Kopf zertrümmert hast.

Daß du deine bildhübsche Klassenkollegin in der großen Pause mit Benzin übergossen und bei lebendigem Leib verbrannt hast, direkt unter den Fenstern des Lehrerzimmers, nur weil sie nicht mit dir gehen wollte. Und währenddessen hast du vielleicht an einem Apfel genagt und dich im Grunde ganz gut amüsiert. Du hast dich sozusagen von einer überflüssigen Last befreit und dich sicherlich nicht an einem Stückchen Apfel verschluckt, als das Mädchen sich auf der Erde wälzte und versuchte, das Feuer zu ersticken, dich anflehte, versprach, dir ALLES, ALLES, ALLES zu geben, *wenn du nur das Feuer erstickst, denn sie BRENNT, sie VERBRENNT ...*

Und aus diesem Grund hat sich Dswinka mit der Bitte, einen Mord zu begehen, an dich gewandt. Denn du, Mychajlo, hattest es immer schon. Wie eine stählerne Infusionsnadel im Gehirn oder ein Stück Zauberspiegel im Herz. Ein *besonders kaltes* Stück. Und wenn du beschließt, vor deinem Serbenvater anzugeben, daß du ein stinkendes Arschloch umgebracht hast, das deine Freundin angefaßt hat, verdammt, glaubt er dir! Sofort! Und zerstrubbelt vielleicht mit einer Hand dein wildes Haar, und mit der anderen klopft er dir auf die Schulter. Vielleicht lädt er dich sogar auf ein Bier ein und sagt: »Wie selbständig du schon bist, Mychajlo! Weiter so, mein Sohn!«

Bei diesen Augen und diesem Lächeln kann man auf so was kommen.

Wieso ist mir ein Schauer über den Rücken gelaufen? *Weil du wußtest, das es in dir ist. Und du wußtest, daß du als einziger von euch dreien dazu imstande wärst, DAS auf die grausamste Arte und Weise durchzuziehen. Und danach ohne Albträume zu schlafen.*

7.

Vergib uns, Gott.

Das wird das verrückte Opfer für die Eidechse. Ihre Anbetung, die ungestüme Verneigung vor Ihr.

Siebtes Kapitel

I.

Liebste Wirunja, Jurko, Dswinka und Kwitunja,
ich wünsche euch allen ein frohes Pfingstfest. Wie steht es um eure Familiengesundheit? Hat Kwitunja ihre Studien in Kijów bereits abgeschlossen? Hat Dswinka ein weiteres Jahr mit Perfekt abgeschlossen?

Uns geht es ganz gut. Chrystja erwartet einen Enkel (oder eine Enkelin, worauf sie stark hofft). Sie sagt, daß sie eine Enkelin Roksoljanka und einen Enkel Bohdantschyk nennen wird, obwohl Anamika natürlich protestiert und eine eigene Opinion über den Namen ihres Kindes hat. Richard fühlt sich unwohl, und die Doktoren sagen, daß eine Operation notwendig sein wird. Aber darauf reagiert er in keiner Weise, raucht auch weiter eine Packung Zigaretten pro Tag und sitzt vierzig Stunden pro Woche bewegungslos vor dem Computer.

Es grämt uns noch immer, daß nicht Tschornowil an die Macht gekommen ist, sondern dieser Ostler. Zumal Tschornowil die Autonomie für Galizien versprochen hat. Wie geht es euren Reformen? Fällt der Kupon weiter (ich klopfe dreimal auf Holz)?

Ich schicke euch unsere Lichtbilder. Auf

Nummer 1 seht ihr Chrystja, Stefko, Ronald und ihr Hündchen Skippy. Auf Nummer 2 Richard, mich und unsere Nachbarn Lyschtschenky bei einem Picknick im South Bloor Park.

Allerdickste Küßchen und Grüße,

Olka, Richard, Chrystja und Michael

P.S. Fast hätte ich es vergessen! Ich schicke meiner Dswinka Rollen für den Filmprojektor - einen Film des odiosen Mister Stone über die Gruppe »The Doors« (denn ich erinnere mich daran, was du mir geschrieben hast, Kleine), und außerdem den Film »Pink Floyd. The Wall« des hier hochgeschätzten Alan Parker.

Konfidenziell:

Dswinka! Der letztere Streifen ist für deinen Kumpel mit dem serbischen Vater.

Kiss kiss, Deine Tante Olka.

2.

Der erwähnte Filmprojektor gehörte Dswinkas Vater, aber netterweise borgte er ihn uns für kurze Zeit. Pan Jurko filmte mit großer Hingabe alles, was ihm vor das Objektiv seiner amateurhaften Kinokamera kam. Er nahm Hochzeiten auf, 1. Mai-Paraden, Geburtstage, Taufen, Pioniertaufen, die Enthüllung der Statue der heiligen Anna, den ersten Schultag seiner zwei Töchter usw. Sogar die Blues-Session von »Pocket-House« entging dem benzinvioletten Blick seiner Kamera nicht. (In Wahrheit bereut er noch immer, daß er sie nicht draußen gelassen hatte: Dort ging EINE SOLCHE Schlägerei ab, ohoo!).

Ich erinnere mich an eine Einladung bei den Olelkys zu Tee und Fleisch am Spieß, oder richtiger Schaschlyk. Dswinka und ich wollten gerade lautlos aus dem Stimmengewirr, dem Rauch und vor Kwitkas ätzenden Sticheleien flüchten, hinters Haus. Aber an diesem Tag war Dswinkas Vater in einer derartigen Hochstimmung, daß er am Ende des Festes in eine wahrhafte Filmamateur-Ekstase verfiel: Er zwang die Familie, sein gesamtes Kinoarchiv anzusehen, und untermalte die stummen Bilder mit euphorischen Erklärungen, die die schwachsinnigsten Details (oder umgekehrt – den detailliertesten Schwachsinn) betrafen, beginnend beim Wetter an jenem Morgen bis zu einer genauen Aufzählung dessen, wer sich damals mit wem gestritten hat und warum die betreffende Person nicht ins Objektiv lächelte.

Als Dswinka mir von dem Film erzählte, grunzte ich zufrieden. Ich trug den schweren Projektor, Dswinka die Filmrolle und eine Tasche gewaschener Klaräpfel. Hippie lief nach Hause, um ein Laken als Leinwand zu holen.

3.

Er wartete schon auf uns, hatte sich frech auf der Liege ausgestreckt und in das weiße Laken gewickelt – wie ein Gespenst oder Gaius Julius oder ein potentieller Psychiatriepatient.

– Tschuwaky, habt ihr Fedja nicht gesehen?

Ich zuckte zusammen.

– Wieso denn?

– Ich hab ihn gesehen. Fedja, den schiefen Sery und Ihorytsch. Sitzen im Schatten auf der Mauer gegenüber der chemischen Reinigung… Fressen *Sjemotschky** und glotzen die Mädchen an. Ich würde aufschreien, wenn er mich so anstarren würde. Daß ihm der Sabber dabei rinnt. Kein Witz.

Wir lachten los, waren zu nervös für ein ausgelassenes Gelächter. Ich spürte an der Schulter, wie sich in Dswinka alles anspannte. Hippie raffte, daß seine Bemerkung über die Mädchen überflüssig gewesen war, und sagte:

– Ab ins Kino, Tschuwaky.

Auf dem Dachboden, wo die Vorstellung stattfinden sollte, stand die Hitze. Irgendwo im Dunkeln war die Steckdose. Während Hippie mir mit Streichhölzern leuchtete, hatte ich das Gefühl, ein brennendes Zündholz könnte auf den Boden fallen und uns innerhalb von Sekunden in Braten mit Äpfeln verwandeln. Während Hippie unter Dswinkas Anleitung die Lautsprecher hervorholte, fädelte ich das schmale Band mit den farbigen Bildern durch die Spule. Zu einem Ring gebogen, erinnerte der Filmstreifen an das Band an Krishnas Fuß.

Es hatte etwas Magisches, diese legendären Filme auf einer breiten Leinwand zu sehen. Es roch nach Nostalgie und Kindheit, nach jenen Zeiten, als Vater mit mir jeden Sonntag ins »Lewenja«-Kino ging, in einen Zeichentrickfilm. »The Doors« und »Pink Floyd« zu sehen, während andere sich in einen schmuddeligen Saal drängten, um sich wieder mal »Zita und Gita« oder »Hong Gil Dong« reinzuziehen.

Als erstes bewerteten wir das Genie von Herrn Stone. Und obwohl der Film ziemlich durchschnittlich war, pfiffen wir vor Vergnügen, und weil die verbotenen Dezibel

* Russ. – Sonnenblumenkerne.

des Gebrülls von Jim Morrison und Lou Reed die Lautsprecher zum Schwanken brachten, aber dafür waren sie doch gemacht, oder nicht?

Nach der Premiere eilte Hippie nach Hause. Seine Mama hatte versprochen, die lang vergessene Tradition der Navaho wiederzubeleben und dem Sohn die Haut in dünnen Streifen abzuziehen, wenn er nicht die Rote Bete jäten würde.

Der Film »The Wall« dröhnte noch stärker in unseren Köpfen. Wir saßen auf dem aufgeheizten Dachboden auf einer zerrissenen Matratze, und Dswinka schmiegte sich trotz der Hitze an mich. Als im Film eine gigantische Ratte verreckte (»ein Mäuschen«, wie sie zärtlich meinte), hielt es Dswinka nicht mehr aus und begann zu weinen, leise schluchzte sie an meiner Schulter.

In Midni Buky gab es zu viele Mauern. Zwischen den Kindern. Zwischen den Erwachsenen. Zwischen den Generationen. Zwischen Eltern und Kindern, Lehrern und Schülern. Könnten wir drei es schaffen, wenigstens die Mauern innerhalb unserer Gruppe niederzureißen?

Ich weiß: Wir sind böse Kinder, denn wir planen einen Mord. Aber wir errichten keine Mauern im Inneren. Wir lassen sie draußen.

4.

wir suchen türen stechen augen aus irren blind umher fühlen die anwesenheit der eidechse auf der haut

laßt uns gehen und laßt uns die eidechse anbeten lecken wir das lebenspendende blut aus ihren Wunden aus der Wunde der wunden herbes kaltes blut mit dem beigeschmack von eisen

Geräusche des Feuers
Pfiffe Rasseln Kastagnetten

I'm the Lizard King
I can do anything
I can make the earth stop in its tracks
I made the blue cars go away

For seven years I dwelt
In the loose palace of exile
Playing strange games
With the girls of the island

Now I have come again
To the land of the fair, and the strong,
and the wise

Brothers and sisters of the pale forest
O Children of Night
Who among you will run with the hunt?

Schreie der Begeisterung

Now Night arrives with her purple legion
Retire now to your tents and to your dreams
Tomorrow we enter the town of my birth
I want to be ready

Musik
Verdunkelung
Ende

wer entscheidet: du oder die eidechse?
finde es bei gelegenheit heraus

Achtes Kapitel

1.

Blau.

Es vergingen vier Tage, heiß genug, um sicher zu sein: Die Woche würde mit einem nie dagewesenen Gewitter enden.

Alle spürten den heraufziehenden Sturm, aber niemand maß ihm Bedeutung bei, denn die Unruhe wurde von der Vorfreude auf das Fest gedämpft. Die älteren Schüler kauften den jüdischen Wodka »Stopka«, nach dessen Genuß die Kotze, wie schon erwähnt, einen angenehmen Melonengeruch annimmt, Bier, grelle türkische Liköre in den ungewöhnlichsten Farben und billigen selbstgebrannten Kognak, um ihre primitive Bar, tief im Schrank verborgen und dem elterlichen Auge entzogen, aufzufüllen.

Im Zentrum, dort, wo normalerweise Milch und Käse verkauft wurden, wurde eine Bühne aufgebaut. Ich kam für mich zu dem plausiblen Schluß: Die Stadt lebt dreimal im Jahr auf – beim Abiturientenfest, am Unabhängigkeitstag und zu Ostern. Die restliche Zeit erinnerte sie an Machu-Picchu.

Hippie schmeichelte sich bei seiner Mama ein und entlockte ihr Einzelheiten über den Ablauf des Abschlußfestes, so daß wir detaillierte Pläne entwerfen konnten.

Die ganze Parade sollte von der polnischen Kirche zur Statue der heiligen Anna ziehen, wo zu Ehren der Opfer des NKWS ein Teil der Blumen niedergelegt wird (lustig, nicht wahr? Aber der ukrainische Abiturient sollte sich sogar in einer Minute größter Freude dessen bewußt sein, daß unsere Vorfahren unter schrecklichen Qualen starben. Für uns und euch), die restlichen Blumen waren für Unseren Vater Taras Hryhorowytsch. Dann zurück zur Schule, wo schon der aufgeschnittene Braten schwitzen, die Sülze zerrinnen und grüne Fliegen appetitlich über Schüsseln mit Vinaigrette-Salat kriechen würden. Der Direktor versucht dann noch zu moralisieren (»Nicht trinken, nicht rauchen, Ältere respektieren, Schwächeren helfen, richtig denken, vorsichtig poppen« usw.). Und während die Abiturienten die eingekauften Vorräte unter den Tischen ausschenken, würde sich die übrige Jugend beim Konzert von Lewko Durko vergnügen. Gegen Abend gibt es für alle eine grandiose »Diskazeka«* bis zum Morgengrauen, wenn die vollgekotzten, angesoffenen Abiturienten die Sonne begrüßen gehen. Mit einem Wort, es wird laut und lustig, und einen kleinen Mord würde niemand bemerken.

2.

Unser Triumvirat verlor keine Zeit. Während der letzten vier Tage vor dem Fest studierten wir das Wohngebiet und den Lebensraum eines so ungewöhnlichen und aggressiven Infusoriums wie Fedja. Auf einer selbst gezeichneten Karte trugen wir Bewegungsrouten, Lebenspunkte und Abhängorte ein.

Die observierte Kreatur hielt sich am häufigsten auf:

a) im Güterwaggon, wo man für zweihundert Kupons »Emanuelle«, »The Evil Dead« oder »Police Academy 2« sehen konnte,

b) bei der Mauer gegenüber der Reinigung »Dnister«,

* Diskazeka (für russ. diskoteka: Diskothek). Nachahmung der russischen Aussprache.

zwei Schritte vom Zentrum. Von der Mauer hat man einen Superblick auf:

– Mädchen, die in die Musikschule, Lysenko Straße 3, gehen;

– Kids, die im Kiosk neben der Reinigung Zigaretten für ihre Väter oder sich selbst kaufen. Ihnen die Kippen abzunehmen war leichter, als sich die Hosen anzupinkeln.

– den Kiosk selbst, wo die Schwester von Fedjas Bekanntem als Verkäuferin arbeitet. Man kann sie ein bißchen anbaggern oder mit ihr gratis Bier trinken.

c) im Klub, wo an Wochenenden Partys stattfinden.

d) bei der Mauer im Park, wo Fedja und Clique üblicherweise trinken.

– Also was, Stratege? – fragte mich Hippie. – Was sagst du dazu?

– Am Abschlußabend gehen sie normalerweise in den Park. Saufen. Dort sind kaum Leute.

– Paßt auf, – unterbrach Dswinka. – Wir finden heraus, wo genau sie sitzen. Dann spaziere ich an ihm vorbei, zeige die Beine. Er geht mir nach, ich laufe in die Stadt, zu euch. Kapiert?

– Und wenn er zu besoffen ist und dir nicht nachlaufen will?

– Wir beginnen die Operation noch bei Tageslicht. Sie werden vielleicht eine Flasche Bier getrunken haben. Aber noch nicht hackezu sein.

– Na gut, Dswinka, aber wenn Sery ihm folgt? Wir werden doch nicht beide erledigen? Und auch nicht sagen: »Tschuldige, Alter, heute ist nicht dein Tag?«

– Ja, oder wenn sie sich zum Beispiel besaufen und dir ALLE nachlaufen? Und dich einholen? – Hippie verdrehte vorsichtig die Augen, um meine Reaktion zu testen.

– Ich riskier's. Dann sag ich eben, daß ich mit Fedja allein sprechen muß. Daß er anbeißt, garantier ich euch.

Plötzlich fiel mir etwas ein.

– Kennt ihr den alten Schuppen vor der Stadt? Den aus Holz, der schon fast zerfällt?

Der Glatte Hippie runzelte die Stirn.

– So einer, wie man sie am Bau fürs Werkzeug aufstellt, nur daß er nicht mit Ruberoid gedeckt ist? Kenn ich ... Er gehörte zwei Alten. Die haben Kühe gehütet und dort hin und wieder ein Unwetter abgewartet.

– Okay, hört her. Du – ich blickte zu Dswinka – flüchtest vor Fedja. Oder nimmst ihn an der Hand. Ihr geht zu der Bruchbude. Und dort warten wir, mit Schaufel, Isolierband und der Makarow. Du läufst herein, er hinter dir her. Wir schließen die Tür, ziehen ihm mit einem Brett eins über, fesseln ihm die Arme und knebeln ihn. Damit er nicht zu schreien beginnt. Alles ist möglich ... Na ja, und ... Fertig.

– Genau. Aber wir sollten uns am Fest sehen lassen. Nicht wahr, Mychas?

Trotzdem hatte ich Angst. GROSSE Angst. Dasselbe verrieten die Gesichter meiner Kompagnons. Aber wir werden nicht kneifen.

3.

Wir bereiteten uns vor. Fleißig, als ginge es um die Abiturprüfung in Geschichte. Wir sprachen alle nur denkbaren Eventualitäten durch. Ich stellte fest: Je mehr Aufmerksamkeit wir den Details schenkten, desto unwirklicher wurde das so hartnäckig angestrebte Ziel. Ich dankte Gott (he-he!), daß es uns möglich war, sich nicht vollkommen darin zu verbeißen.

Wir bereiteten uns vor. Was machst du, wenn Fedja dir nachrennt und dich erwischt? Ich sage, daß ich ernst mit ihm reden wolle, »du-weißt-schon-worüber«.

Und was machst du, wenn dich die anderen Schwänze genau dann schnappen, wenn Dswinka und Fedja sich gerade dem Schuppen nähern? Ich werde schreien wie am Spieß.

Und was machen WIR, wenn Dswinka in die Bruchbude gerannt kommt und dort niemand ist? Und Fedja ihr auf den Fersen? Wir verstecken die Pistole dort irgendwo unter den Lumpen. Einfach so – für alle Fälle. Und dann sollen die Sumpfbewohner ruhig herausfinden, ob man ihnen einen Toten reingeschmissen hat oder einen Bewußtlosen.

Na gut. Wir haben ihn abgemurkst. Am Montag kommt ein junger, aber sehr hinterfotziger Bulle zu dir und sagt: »Die Minderjährigen S. und I. bestätigen, Sie, Bürgerin D., als letzte mit dem verschollenen F. gesehen zu haben. Was sagen Sie zu Ihrer Verteidigung, geschätzte P. D.?« Und was sagst du darauf?

Ich sage, verehrter Herr, der minderjährige F., der schon in der Schule den Versuch einer Vergewaltigung unternommen hat, was der gute G. H. bezeugen kann, hat mich verfolgt. Ich bin zu meinem Freund M. auf die Datscha geflüchtet, der Hausherr hat zu dieser Zeit noch an den Festivitäten teilgenommen. Ich habe fast zwei Stunden gewartet, bis die oben genannten G. H. und M. zurückkehrten, und wir uns gemeinsam den Film »The Wall« ansahen. Ich würde Ihnen doch nichts vorlügen!

Na ja, und was sagt ihr dazu, daß euer Dreiergespann von Abiturienten gesehen wurde? Sie bezeugen, gesehen zu haben, wie ihr den Bürger F., ihn mit einer Pistole des Typs Makarow bedrohend, in den Wald geführt habt. Was habt ihr mit dem unglücklichen Bürschchen gemacht, ihr Ungeheuer?

Sind Sie sicher, daß sich Ihre Abiturienten nicht geirrt haben? Sehr, sehr interessant, denn G. H. kehrte früh nach Hause zurück; ja, seine Mama und die Nachbarn haben ihn gesehen, es war noch hell, und ich habe bei M. übernachtet. Ja, ich bleibe oft über Nacht bei M., ist das denn strafbar? Ich fürchte, Ihre Abiturienten sind ein bißchen übers Ziel hinausgeschossen ... denn was haben sie während der heißesten Stunden in der Disko gemacht, wenn nicht getrunken?

Verdammt ... Sie haben recht. Wie konnte ich das übersehen! Scheiße! Natürlich! Na dann, Gruß ans Schwesterherz! Pa-pa!

Pa!

4.

Blau.

Mit jeder Nacht fiel es mir schwerer einzuschlafen. Ich wachte mit einem dumpfen Kopf auf. *Alles vom Wetter*, beruhigte ich mich unsicher. Ich grübelte zu viel.

– Hört zu, – sagte ich am Donnerstag. – Falls wir *wirklich* lange ausbleiben? Was erzählt ihr dann den Eltern?

– Meine Mama ist auf dem Abschlußabend, – verkündete Hippie fröhlich. – Sie hat eine Abiturklasse.

– Und deine?

– Ach, ich hab gesagt, daß ich nicht weiß, wann ich vom Tag der Jugend nach Hause komme ... Aber ich werde bei

Mychas sein, und im Fall des Falles schlafe ich bei dir. Cool, oder?

– Na klar.

Konnten Probleme mit den Eltern auftauchen? Plötzlich fällt dem alten Knacker Pan Jurko ein, daß er mal überprüfen könnte, ob sein Töcherlein auf der Datscha bei diesem Playboy nicht vielleicht raucht. »Nein, Pan Jurko, sie raucht nicht, – würde ich ihm versichern. – Aber sie hat die unschöne Angewohnheit, mit Schuldnern abzurechnen. Jedoch ist das nicht die schlechteste aller Angewohnheiten, sage ich Ihnen. Manche Mädchen in ihrem Alter trinken schon gern, wissen Sie.«

Man muß eine Vielzahl von Versionen bereithalten, für alle Fälle des Lebens. Und sie sollten irgendwie zusammenpassen.

Blau.

5.

Orange.

Freitag.

Wir hatten keine Panik. Wenn jemand nervös wurde, dann Hippie, aber auch der nur tief im Inneren.

Ich begann leise mit den Zähnen zu knirschen. Oft bemerkte ich, daß meine Hände pulsierten und kaum merklich zitterten, wie nach dem Hanteltraining. Hippie dagegen fuhr sich immer wieder mit der Hand durchs Haar. Ein bißchen zu oft.

Ich ertappte mich dabei, daß ich mir, ohne es zu merken, die Oberarme zerkratzte. Bis Samstagabend kann ich vielleicht Fleischstückchen unter den Fingernägeln hervorpulen. Ich zwang mich, aufzuhören.

An diesem Tag saßen wir bei mir im Hof. Fedja erwähnten wir mit keinem Wort. Ich erinnerte den Glatten Hippie daran, morgen die Pistole, das Isolierband und die Schaufel in den Schuppen zu bringen. Für alle Fälle. Ich hatte keine bestimmte Vorstellung, welches Spiel wir mit der Schaufel spielen würden... vielleicht müssen wir eine Grube im Sumpf schaufeln, falls Fedja nicht freiwillig untergeht. Also, *für alle Fälle*.

Der Himmel bedeckte sich mit kleinen Wölkchen. Morgen war wohl mit Regen zu rechnen. Dswinka war die Ruhe selbst, noch immer emsig wie eine Biene.

Wir vereinbarten einen Treffpunkt für morgen; Hippie machte sich auf ins heimatliche Herrschaftshaus, Dswinka blieb.

6.

Zehn Minuten später kehrte der Glatte Hippie zurück. Dswinka und ich löffelten gerade im Schatten der Veranda Himbeersuppe.

– Hö! ... ört! ... – er atmete schwer, die erhitzten Wangen waren mit Staub bedeckt und sein Blick leicht panisch.

– Hört her! Ich ... ha-a ... Kurz, ich hab gerade den kleinen Senyk getroffen, und der hat mir WAS SCHRECKLICHES erzählt!

Der kleine Senyk war der Bruder des großen Senyk. Der kleine hieß irgendwie anders, aber alle nannten ihn nur so: kleiner Senyk. Senyk senior war in Fedjas Clique ein hohes Tier. Sein Vater besaß einen Kiosk, und Senyk konnte Alkohol und Zigaretten mitgehen lassen.

– Also: Der Kleine hat mich gesehen und gesagt, daß er

von seinem Bruder gehört hat, daß Fedja angeblich plant, uns am Tag der Jugend ranzunehmen. Der Kleine hat erzählt, *was* uns blüht, falls Fedja uns auf dem Fest sieht. Nichts Angenehmes. Und außerdem hat der Kleine gesagt, daß er Fedja noch nie so genervt und wütend erlebt hat. Er wird immer genervter, je öfter wir ihm durch die Lappen gehen. Der kleine Senyk meint, Fedja wird sich kaum mit einem ausgeschlagenen Zahn zufriedengeben. Fedja hat gesagt, daß er es geil findet, brechende Knochen krachen zu hören. Und außerdem hat er gesagt: »Paßt mir auf die Tussie auf, mit der hab ich separat was zu bequatschen.« – Hippie sah Dswinka demonstrativ an. Sie sah heute zum erstenmal beunruhigt aus.

– Der kleine Senyk ist ein Sabbermaul, – schüttelte ich betont lässig den Kopf. Er war in der Tat noch nicht mal zwölf, und die Älteren haben die Angewohnheit, kleine Sabbermäuler nicht zu beachten. – Er ist ein Sabbermaul und will uns einen Schreck einjagen, um sich cool vorzukommen wie sein Bruder.

– Misko! Du hast es nicht gerafft! Sie haben den kleinen Senyk nicht geschickt, um uns Angst zu machen. Er hat selbst gesagt, daß er sich verpflichtet fühlt, uns von Fedjas Plänen zu erzählen. Das ist ernst, das ist kein Scherz!

Hippie und Dswinka sahen mich fragend an, als wüßte ich auf absolut alles auf der Welt eine Antwort. Vielleicht erweckte ich bei ihnen so einen Anschein. Aber warum machten sie

(die Augen)

so leicht

(Augen und Lächeln)

einen Anführer aus mir? Wieso hatte man ein Idol aus mir gemacht? Wegen der schönen Augen? Verkackte Scheiße!

– Wir gehen hin, auf das Fest. Wenn ... – ich fand nur langsam Worte. – Wenn eine Schlägerei ausbricht, eine ernsthafte Schlägerei ... Weiß der Teufel, was die Schweine anschleppen: Schlagringe, Stöcke – das versteht sich von selbst. Also: Wenn's ans Eingemachte geht, schieß ich mit der Knarre in die Luft. Sie bekommen Arschsausen. Ich komm morgen zu dir und hol sie mir. Und wir werden ständig im Blickfeld der anderen bleiben.

Ich merkte selbst nicht, wie leicht ich mir das Plänemieden machte, indem ich nicht bedachte, was Dswinka ohne Pistole im Schuppen machen würde ... die zu dem Zeitpunkt ich haben werde.

Aber damals sah alles superfein aus.

– Falls die Sache eine kritische Wendung nimmt, verschieben wir die Operation.

Und sie lachten nicht über die aufgebauschten Worte: »kritische Wendung«, »Operation« ... Sie verstanden, WAS uns morgen blühte. Vielleicht bekommen wir mehr als einen Arschtritt ... Vielleicht will Fedja Blut.

»Paßt mir auf die Tussie auf, mit der hab ich separat was zu bequatschen.«

Es stand außer Zweifel, daß wir ALLE Fedja etwas zu sagen hatten.

7.

Der Glatte Hippie trottete völlig verstört nach Hause. Dswinka blieb bei mir.

Ein bewölkter Tag, zum Verrecken heiß. Der Kassettenrekorder spielte »End of the night« von den Doors.

Mit ihr auf der Veranda zu liegen, auf dem uralten, quietschenden Sofa, war einfach und ruhig – so muß es sein, wenn man sich von der Illusion der Existenz der Welt befreit, wenn man feststellt, daß Fedja nur ein Traum Buddhas ist, ein unglaublich mißlungener; ein Traum, wie alles um uns herum. Dswinka rollte sich auf mich, und es läßt sich schwer sagen, wer wen zu küssen begann.

Wir liebten uns, und das erzeugte Distanz. Plötzlich, als Dswinka neben mir lag, den Arm um meine Brust gelegt, und dabei warme, süßliche Luft auf meine Wange blies, wurde es schmerzhaft einsam. Nicht für mich – für uns. Auf irgendeine Weise waren wir von der ganzen Welt isoliert worden – selbst wenn diesen Sommer die ganze Welt in einem Provinzstädtchen untergekommen wäre. Isoliert durch eine massive Ziegelmauer, über die es unmöglich ist hinüberzurufen zu den jämmerlichen Kreaturen, die wir nicht sehen können, aber die sich dort mit Sicherheit befinden. Kreaturen, die es einen Dreck schert, daß drei abnormale Teenager, noch richtige Kinder, planen, einen Hurensohn zu erledigen. Kreaturen, die sich absolut nicht darum scheren, daß der Hurensohn fast das Mädchen gepoppt hätte, das mir mit seinem Atem die Wange wärmt. Schrei tausend Jahre und renn – wenn du willst – mit dem Kopf gegen die Wand, schlag ihn blutig, schreib auf ihre rauhe Ziegeloberfläche mit deinem ausgelaufenen Gehirn

SIE HÖREN MICH NICHT!!! –

aber trotzdem wird sich niemand um dich scheren.

Denn wer braucht dich schließlich, außer diesem Mädchen neben dir?

Für den Bruchteil einer Sekunde wirbelte ein Sturm von Gedanken durch meinen Kopf: die Rucksäcke packen, das Mädel an der Hand nehmen und ins Land der Nebel ziehen, wo man dich wie einen der Ihrigen aufnehmen wird;

einen neuen Anfang versuchen, Vater und Mutter vergessen, den Glatten Hippie und Fedja vergessen, den eigenen Namen vergessen und sich einen neuen ausdenken. Sich nur an sie und an das Funkeln ihres ungestümen Diamanten erinnern. Das Land der Nebel finden, dort Morrison, Hendrix und Barrett suchen und auch Kerouac, Janis Joplin und King Elvis, und Charlie Parker fragen, welche Musik er als Kind gehört hat, und dann dem guten alten John Lennon die Hand drücken und rufen: »Leute! Wie gut, daß wir endlich zusammen sind!«

Aber die verdammte List liegt darin, daß man nur mit einem neuen Leben eine ZWEITE CHANCE bekommt. Und die Eidechse findet dich, wenn sie dich braucht, auch dort.

Wir liebten uns wieder und wieder; ich sah grüne Lichtblitze in meinem Kopf. Wir liebten uns, um die fürchterliche Leere zu ersticken, das Vakuum zwischen uns und IHNEN. Wir liebten uns, um die Mauer zwischen uns, Gott bewahre, nicht zu vergessen.

Freitag.

Orange.

Neuntes Kapitel

1.

Alles ringsum war schwarzweiß.

Samstag.

Die Luft war feucht und heiß. Ich erwachte gegen sieben, und da alles schwarzweiß geworden war, verlor ich zeitweise das Gefühl für die Wirklichkeit. Wie in einem alten Film. Vor der Haustür gab es auch keine Farben – weiß der Teufel, was passiert war. Schließlich... war es sogar besser so. Es wäre hundertmal schlimmer gewesen, wenn die Farben gellend-grell geworden wären. Bis Mittag hätte ich mir schon die Seele aus dem Leib geschrien.

Sie sind alle dort, sie alle, dachte ich. Fedja und seine Kumpane, der Glatte Hippie und Dswinka. Die Eingeweide rebellierten verräterisch, wie vor einem schrecklich schweren und wichtigen Examen. Irgendwo hinter den wolkenverhangenen Bergen grollte das Unwetter. Die Farben ließen kein Urteil zu, vielleicht war es ein klassisches vorgewitterliches Grau. Ihr wißt selbst, wie es im Gebirge ist.

2.

Kurz vor Mittag kam Hippie vorbei, brachte die Pistole. Sie gefiel mir nicht: schwer, klebrig und nach Wachs stinkend. Viel zu unzweideutig war ihr Zweck. Und auch das Aussehen rief keinen Optimismus hervor (doch das ist Ansichtssache...). Hippie gab zu, aus Angst vor dem Zentrum den längeren Weg genommen zu haben, den, der zum Friedhof führt. Er sagte, daß wir uns gegen fünf treffen würden. Die Wolkenschicht am schwarzweißen Himmel wurde dicker, wie graue Haut auf der Milch, sie sank immer tiefer und bedeckte die Berge. In mir erwachte der unüberwindliche Wunsch, mich auf die Terrasse zu setzen, aus der gesprungenen Tasse guten Tee zu schlürfen, ein Buch zu lesen und auf das Gewitter zu warten ... Schau, und dann kommt auch Dswinka, wir werden zu zweit auf das Gewitter warten. Wer sitzt nicht gerne in Erwartung eines Gewitters mit seinem Schatz auf der Schwelle – eine perfekte Gelegenheit, sich auf der Veranda im Haus zu verstecken, sich zu küssen und zu lieben, während es immer wieder blitzt. Ich gehe nicht aufs Fest ... warte auf Dswinka ... Tee ... ein Buch ... Dswinka ...

Ich lachte bitter, begriff die Vergeblichkeit meiner Träume. Gut, daß niemand dieses Lachen gesehen hat. Ich wußte: So lachen Erwachsene. Es verhieß nichts Gutes. Leute mit einem solchen Lachen schneiden Hunden die Schwänze ab, schlagen Invaliden die Krücken aus den Händen, verstreuen die von einem Bettelkind gesammelten Münzen und jagen sich dann eine Kugel in den Mund. Ich kannte dieses Lachen in- und auswendig.

Ganz ehrlich, wir konnten keinen Rückzieher mehr machen. Ich habe jetzt sogar Angst, in die Stadt zu gehen, versteht ihr. Habe Angst, daß mich diese Bekloppten zu Mus schlagen. Ich fürchte, daß der Glatte Hippie eines Tages nicht an Dswinkas Seite sein könnte ... Denn wenn nicht wir Fedja, dann Fedja uns. Das Dilemma ist formuliert, verehrtes Hohes Gericht.

Ich las, wartete und kratzte mich an den Armen.

3.

Die Pistole steckte ich in den Hosenbund meiner Jeans, unter das graue ärmellose Hemd (das mit den phantastischen Mandalas). Die zerschlissenen »Wranglers« stopfte ich in die fast bis zum halben Unterschenkel geschnürten »Doc Martens«. Ich band mir einen breiten Ledergürtel mit schwerer Stahlschnalle um. Eigentlich wäre der Gürtel nicht nötig gewesen, aber er hielt die Waffe besser am Körper. Außerdem war es nicht ganz abwegig, in einer brenzligen Sekunde jemandes niedrige Stirn mit der Schnalle zu zertrümmern. Ich hoffte aus ganzer Seele, daß es soweit nicht kommen würde, daß niemand Metallknüppel bringen oder einen Packen mit Nägelchen beschlagener Stöcke mitnehmen würde. Ich hoffte, daß sie genug Verstand hätten, das zu lassen... und ich niemandem mit der Stahlkappe meiner Pionierstiefel ins Gesicht treten muß. Aus ganzem Herzen, aus ganzer Seele hoffte ich, daß sie mich nicht zu solchen Taten provozieren würden.

Vom Platz her dröhnte schon Musik und eine betrunkene, im Mikrophon nachhallende Stimme. Das Spiel beginnt,

laßt uns gehen und laßt uns die Eidechse anbeten.

4.

–... mit dem Lied »No Problem«! Applaus für Lewko Durko! – ein Mann mit buschigem Schnurrbart trat von einem Bein aufs andere, denn er hatte sich im Mikrophonkabel verfangen. Schließlich gab er das Mikrophon fröhlich dem grinsenden, aber etwas verlorenen Lewko Durko.

Das Publikum tobte bereits. Kam in Rage. Und ich spürte eine ungeheure Anspannung. Mal suchte ich fieberhaft den Glatten Hippie in der Menge, mal hoffnungsvoll Dswinka, mal mit Bammel im Magen Fedja. Der Pistolengriff schnitt in meinen Bauch.

Plötzlich winkte eine Hand aus der Menge. Dswinka und neben ihr Hippie. Sie hatten sich in der äußersten Ecke des Platzes positioniert, in der Nähe einer kleinen Mauer aus Flußsteinen. Hinter der Mauer befand sich eine Wiese mit Blumenbeeten und ausladenden Bäumen, die großzügig Schatten spendeten. Die Mauer erwies sich als überaus bequemer Platz zum Sitzen, was die Milch verkaufenden Omas erfolgreich ausnützten.

– Wie steht's? Hast du sie gesehen? – fragte Hippie leise.

Ich schüttelte verneinend den Kopf.

– Sie sind im Park, – antwortete Dswinka. – Sitzen dort, als würden sie gerade ins Töpfchen kacken, spucken aus und trinken Wodka aus Plastikbechern.

– Hast du die Knarre dabei? – fragte Hippie wieder flüsternd. Ich warf einen vielsagenden Blick auf meinen Schritt. Man könnte glauben, ich hätte eine unkompensierte Hyper-Super-Duper-Erektion. Ich zog die Pistole etwas höher, damit sie mir nicht so stark auf die Eier drückte. Die Tatsache, daß Fedja und die anderen Hopniks irgendwo im Park soffen, beruhigte mich irgendwie.

– Na? Wann fangen wir an?

– Zuerst bleiben wir noch ein bißchen hier und zeigen uns. Dann gehe ich in den Park. Als nächstes gehst du, ein bißchen später auch Hippie.

Wir blieben noch eine Viertelstunde sitzen, verfolgten, wie die Zuschauer an verschiedenen Wettbewerben und Spielen teilnahmen, dachten uns in Lewko Durkos Gesang hinein, der vom Abiturienten-Blasorchester unterstützt und ab und zu vom Grölen der Menge übertönt wurde. Wir hatten keine Kraft, noch länger zu warten.

Schließlich ballte Dswinka die Fäuste und sagte leise, sie gehe jetzt. Die Aufregung liebkoste beängstigend meine Harnblase. Wir wünschten Dswinka Glück; während ich ihrer Gestalt nachsah, leckte ich mir immer wieder über die ausgetrockneten Lippen.

Bevor Dswinka hinter der Ecke verschwand, drehte sie sich um und winkte. Die Unruhe legte sich über ihr Gesicht wie ein dunkles Spinnennetz.

Wir winkten zurück.

– Hast du Angst? – fragte Hippie.

Ich hörte in mich hinein. Ja, *du hast Angst*, antwortete es aus mir heraus.

– Nöö ... – sagte ich. – Gut, in fünf Minuten legst auch du ab.

– Mhm. Machs gut!

Auch ich winkte zum Abschied (obwohl – was, zum Teufel, war das für ein Abschied? In zwanzig Minuten sind wir wieder vereint ...) und tauchte mit forschem Schritt in eine enge, schattige Gasse.

Wenn alles ringsumher schwarzweiß ist und du eine Einbahnstraße entlanggehst, fühlst du dich wie eine Figur von Kafka. Kein Lüftchen, nur farblose, graue Schwüle. Auf der Bühne begann nach einem weiteren Schlager von Lewko mit donnernder Stimme der beste Fußballer von Midni Buky, der Torschütze des FC »Annihilator« Ostap Kumyk, unter seinen Fans bekannt als Goldene Büste, zu sprechen. Er gefiel mir, denn er interessierte sich mehr für Fußball als für Pazanismus.

Einige Minuten später begann ich sicherheitshalber zu

laufen, mein inneres Ohr erhaschte ein angstvolles Aufstöhnen, dessen Intensität ich zu ermessen versuchte. Dswinka, wie geht es ihr dort? Von der engen Ljudkewytsch-Straße kam ich auf den breiten, mit Zierahorn bepflanzten Pascha-Angelina-Prospekt, lang wie die Python Kaa, der beste Kumpel von Mowgli, dem Menschenkind. Er war dermaßen lang, daß mich meine Leber zu drangalisieren begann. Aus irgendeinem Grund kam mir in den Sinn, daß Hippie jetzt da steht und vor sich hin pafft, als wäre nichts ... und wie wird er laufen? Ich hielt das gemessene Tempo nicht durch und fiel in einen schnellen Schritt. Verträumt betrachtete ich den bedeckten Himmel, und nachdem ich den Blick wieder gesenkt hatte, sah ich etwas, das die Temperatur um zehn Grad hochschnellen ließ. An der Kreuzung Pascha-Angelina-Prospekt und Komunariw-Straße saß die ganze Bande: Ich konnte Sery, Senyk senior, Ihorytsch und noch ein paar Mißgeburten erkennen.

Fedja war nicht dabei, und ich wußte nicht, sollte ich mich darüber freuen oder nicht. Und was ist, wenn Dswinka gerade jetzt in den Schuppen läuft, fieberhaft in den Lumpen wühlt, das Isolierband und die Schaufel findet ... und keine Spur von der Pistole! Ich erstarrte, als ich unsere fatale Fehlkalkulation begriff. Dswinka sitzt in der Falle, und ich kann nicht mal den Ballermann ziehen, denn alle Pläne – in die Luft schießen usw. – erwiesen sich als vollkommener Bluff. Wenn sie die Waffe sehen, und Fedja verschwindet plötzlich, dann ... Dann sind die Schlußfolgerungen mehr als offensichtlich.

Ich muß schneller gehen und jeden Moment bereit sein loszupreschen. »Vielleicht«, erwachte ein Hoffnungsschimmer in mir, »vielleicht werden sie ohne Anführer, das heißt ohne Fedja, einen Langhaarigen nicht anrühren.«

Fast im Laufschritt passierte ich die Gruppe: spöttisches Zähnefletschen, hämisches Lachen, Flüstern, Glotzen. Leise krachte ein Knie, jemand war hinter mir. Ich begriff, daß der beste Zeitpunkt für die Flucht schon vorüber war.

– Hey, Pazan, p-s-s-s-s ... – sagte mein Verfolger leise. Niemand anderes als Sery. – Hörst du? Es gibt was. Warte ... Padaschdi* ...

– Keine Zeit, – murmelte ich und ging schneller.

Plötzlich lief Sery an mir vorbei und rempelte mich mit der Schulter an.

– Ich find dir gleich Zeit! Padaschdi, was is? ... Die Pazany wollen mit dir quatschen ...

Ich sprang zur Seite, aber Sery schnappte meine Hand und drehte sie mir professionell auf den Rücken, was ein Funkenfeuerwerk in meinem Kopf entfachte.

– Scheiße, Fedja gibt's dir massig! *Ich sag's dir*, Pazan, du bist im Arsch.

Ich wollte ihm ins Gesicht fauchen, daß ich überhaupt kein Pazan sei, aber in diesem Moment schnappte Sery meine zweite Hand,

(was ist jetzt mit Dswinka? Er)

mit der ich gerade

(vergewaltigt sie dort im Schuppen)

auf die feindlichen Nieren zielen wollte.

– Weißt du was, Hippie-Schwein? Sie sind dein Flittchen ficken gegangen! Fedja poppt sie schon in der zehnten Stellung!

Da durchfuhr mich für einen Moment die Vorstellung, ein zorniges, spitzzahniges Tier mit gewaltigen Pranken zu sein, fähig, jeden beliebigen Hurensohn in Stücke zu rei-

* Nachahmung des Aussprache von russisch *podaschdi* – warte!

ßen. Ich warf mich in Serys Umarmung an die Wand und versuchte, ihn mit meinem Körper zu zerquetschen. In einiger Entfernung, unter dem Ahorn, gingen noch ein paar Hopniks in Stellung; sie spürten, daß nichts so lief wie geplant. Das verlieh mir zusätzlich Kraft. Obwohl in meiner Linken noch immer ein wütender Schmerz tobte, lokkerte sich der Griff des Angreifers. Zwischen meinem Rükken und der Wand stieß der eingequetschte Sery dreckige Flüche aus. Die Pistole, die ich unmöglich herausziehen konnte, scheuerte an meinem Bauch, und ihr Lauf stach mir in die Eier. Ich rammte Sery noch einmal mit dem Rücken, und der ließ meine Hand los. Anstatt wegzulaufen, vor der nahenden Hopnik-Verstärkung zu fliehen, Dswinka zur Hilfe zu eilen, trat ich Sery mit voller Kraft in die Genitalien – genauso, wie ich es mir vorgestellt hatte: mit der Stahlkappe meines Stiefels. Sery heulte mädchenhaft auf und glitt an der Wand zu Boden wie Spucke. Ein flotter Schlag auf meinen Kopf – von einem unbekannten Pazan, ein Treffer mit dem Schlagring zwischen Ohr und Hinterkopf. Jetzt jaulte ich auf: Vor den Augen wurde es rot, ich knallte auf den Asphalt. Der Hop handelte blitzschnell – vielleicht hatte er die meiste Erfahrung. Er trat mir in den Bauch. Meine Innereien wurden wie durch die Druckwelle einer Bombe zusammengepreßt, und die gesamte Luft entwich aus meiner Lunge. Ich machte krampfhafte Schluckbewegungen und rollte zur Seite, weg von dem bösen, bestiefelten Bein. Einen Moment sah ich das erschreckte Gesicht von Ihorytsch, der nicht wußte, wohin mit sich. Ich entging einem weiteren Tritt, rappelte mich hoch und versuchte zu laufen. Ein unbekannter Hopnik stürzte mir nach. Beim Laufen zog ich den Gürtel aus der Hose,

(wenn nur die Pistole nicht herausfällt)

ein Schwarm Hummeln surrte im Kopf und ein Bächlein Blut sickerte in meinen Kragen. Als ich die Pistole tiefer gesteckt hatte, gelang es mir endlich, den Gürtel herauszuziehen. Der Hop wollte anscheinend den leidenden Sery rächen, denn er ließ nicht einen Zentimeter ab. Voll Kraft und Alkohol, wie er war, holte er mich ein, der ich beim Laufen krumme Sinuskurven zog und mich nach dem Schlag aufs Ohr nicht aufrichten konnte. Als er fast gleich auf war, trat mir der Hop plötzlich gegen die Ferse. Ich rollte über den Gehsteig und schlug mir am Asphalt die Ellenbogen auf. Sofort rappelte ich mich hoch und wichste dem Typen mit dem groben Leder des Gürtels eins über die Fresse. Ich erwischte ihn an den empfindlichsten Stellen – am Ohr, an den vom rasanten Laufen erhitzten Wangen und den geschürzten Lippen. Haargenau wie ein verletzter Köter machte der Typ einen Satz zurück, fiel auf die Knie und verbarg sein Gesicht in den Händen; zwischen den kleinen Fingern trat Blut hervor – ich hatte ihm wohl das Maul aufgerissen. Er sollte sich bedanken, daß ich nicht mit der Schnalle zugelangt hatte. Kein anderer Hop wagte mir nachzujagen. Ihre Anführer jaulten hinter meinem Rücken wie geschlagene Hunde.

Während ich bergab rannte, versuchte ich, die Hummeln in meinem Schädel zu ignorieren, und bemerkte das rote Blut auf meiner schwarzweißen Hand.

Endlich erreichte ich den Stadtrand. Das Blut pulsierte in meinen Augen, und die Stelle hinter dem Ohr glühte alarmierend, obwohl der rote Saft zu rinnen aufgehört hatte. Den Gürtel wie eine verreckte Schlange in der Hand, zog ich die Pistole und stürmte in die Hütte.

5.

Eine schreckliche Sekunde lang stockte mir der Atem – auf der Erde lagen zwei Körper: ein Junge, ein Mädchen. Meine Zunge wuchs im Mund wie ein Haufen Werg im Keller. Das Mädchen, das ich einen Moment für Dswinka gehalten hatte, trug ein langes graues Kleid mit Bändchen und Schleifen, während meine Freundin – daran erinnere ich mich genau – heute *farbig ist*, sie hat ein leichtes Kleid an, grün, die Farbe einer Avocado im Schatten, des Wassers der Tasmanischen See.

Das Kleid des Mädchens war nach oben gerutscht, und man konnte ihr geblümtes Höschen sehen. An der Innenseite ihres nackten Oberschenkels sah ich einen prächtigen Fall von Zellulitis.

Ich ging zu ihr. Drehte sie auf den Rücken. An ihrem aufgedunsenen, mit Schminke verschmierten Gesicht klebte Stroh. Das Mädchen verströmte einen superintensiven Alkoholdunst. Sie schlug die benebelten Augen auf und lächelte. Als sie begriff, daß ich nicht der war, für den sie mich hielt, hievte sie sich auf Knie und Hände und stellte sich auf ihre unsicheren Beine. Sie betrachtete mich mit schwerem Blick, versuchte wohl, in mir ihren Mitschüler zu erkennen. Das Mädchen stützte sich an die Bretterwand und fuhr sich mit der Hand übers Gesicht. Währenddessen knöpfte ich mir den Jungen vor – schwarze Samthosen, teures, graues Sakko. Auch er pflügte mit der Nase den Boden. Ich drehte ihn auf die Seite. Auf seinem weißen Hemd, der gestreiften Krawatte und dem blumenförmigen Ansteckkärtchen »ABITUR 1993« war eingetrocknete, weißliche Kotze, von der ein unerträglicher Gestank ausging. Im Erbrochenen erkannte ich klein gewürfelte Karotten, Wurst und halbzerkaute Erbsen: den König jedes Festmahls, Olivier-Salat.

Um ihn wach zu bekommen, verpaßte ich ihm ein paar Ohrfeigen. Das Bürschchen brummte und versuchte mit geschlossenen Augen aufzustehen. Er verlor das Gleichgewicht und fiel. Er stank nach saurem Wein. Ich begann wieder Ohrfeigen zu verteilen, als sich das Mädchen zu Wort meldete:

– Rühr Andrjucha nicht an! – sagte sie mit tiefer Stimme und hickste leise. – Ach, Scheiße, – flüsterte sie, hielt sich den Kopf und leckte sich über die trockenen Lippen.

Ich hatte Andrjucha am Hosenbund hochgezogen, und jetzt sah er mich genauso an wie zuvor das Mädchen. Still suchte er etwas mit den Augen, als sich das Mädchen vornüber beugte und das Mittagessen genau auf ihre Lackschuhe beförderte.

– Los, los, verpißt euch, – trieb ich das überraschte Paar an. Endlich stieß der Junge auf das, was er gesucht hatte: eine Flasche selbstgebrannten Kognak »Slynchev Brjag«, ein quasi bulgarisches, in Wahrheit türkisches Erzeugnis. Er wollte ansetzen, krümmte sich dann aber vor Ekel und ging zum hellen Rechteck der Tür. Das Mädchen faßte ihn unterm Arm, und sie schwankten davon. Durch die Spalten zwischen den breiten, warmen Brettern beobachtete ich, wie die beiden den Weg zum Friedhof einschlugen.

Ich setzte mich hinter die Tür, so daß mich ein Hereinstürzender nicht sehen konnte, machte die Pistole bereit und warte. *Hippie und Dswinka sind heute farbig,* fiel mir ein.

Alles war schwarzweiß.

Ich wartete und horchte, wie meine Angst wuchs.

6.

Abgehetzt und mit rotem Kopf kam Hippie hereingerannt. – Sie ... sie ... uch ... sie werden gleich hier sein! P-s-s-t!

Ich versteckte mich wieder hinter der Tür, Hippie hinter mir. Farben ... sie kamen zurück, nein – man hatte den Schwarzweiß-Filter einfach gegen einen orangen ausgewechselt. In der Bruchbude herrschte eine Mordshitze, die irgendwie mit der orangen Farbe harmonierte. Ich spürte, wie die Zeit langsam stehenblieb.

Hippie boxte mir mit der Faust in die Seite: *jetzt gleich, mach dich fertig*.

Unerwartet – so sehr, daß ich zusammenzuckte – öffnete sich die schäbige Tür und prallte gegen meine Schulter. Dswinka flog herein, schlug die Tür zu, hielt sich die rechte Seite und krümmte sich, damit der Schmerz nachließ. Sie zeigte bloß auf die Tür und starrte voll Schreck darauf.

Die Tür wurde ein zweites Mal aufgerissen (zum Glück war ich zur Seite gesprungen), herein trat Fedja. – Na was, Flittchen? Aus die Maus? Vorbei? – fragte er, ohne den Blick von ihr abzuwenden. *Los, geh eine Spur nach vorn, damit ich die Tür schließen kann. Mach schon!*

Fedja machte einen Schritt vorwärts.

– Verfuckt noch mal, wieso bist du so gerannt? Ich ...

Ich machte mich lautlos hinter seinem Rücken breit und ließ ihm den Pistolenschaft mit aller Kraft auf den Hinterkopf sausen. Von dem Schlag klappte Fedja buchstäblich wie eine alte Matratze zusammen und sank sehr plastisch zu Boden, weiterhin fluchend und schreiend.

In Filmen verlieren die Leute nach so was das Bewußtsein. Vielleicht habe ich zu zaghaft zugeschlagen? Fedja stand nun auf Händen und Knien und schüttelte den Kopf wie ein Hund, den eine Wespe in die Schnauze gestochen hatte. Ich vergaß, was laut Plan als nächstes kam, und haute ihn mit einem Tritt in den Bauch ins Stroh. Endlich erkannte er mich, und seine Augen blitzten auf, er hatte begriffen.

– Ich mach dich fertig, Hurensohn, – bellte er. Ich richtete die Knarre auf ihn, und der Glatte Hippie verpaßte ihm einen Tritt in die Brust.

– Immer ruhig Blut – das galt wohl uns beiden. – Dswinka hält die Knarre und wir fesseln ihn!

Ich übergab Dswinka die Pistole. Sie umfaßte sie mit beiden Händen, schob die Unterlippe vor und blies sich eine Haarsträhne, die sich aus dem Zopf gelöst hatte, aus dem Gesicht.

Obwohl Fedja begriff, daß er in der Falle saß, erfaßte er noch nicht den Ernst der Lage. Er warf einen verächtlichen Blick auf die Pistole. Bereit, sich auf mich zu werfen, sagte er:

– Mein Onkel hat auch so eine! *Für Anfänger!* – er wollte mich anspringen, aber Dswinka riß die Hände in die Höhe und drückte ab.

Gleichzeitig mit dem ohrenbetäubenden Knall schnellten ihre Arme wieder hinunter. Fedja zuckte zusammen und verstummte. Aus dem Lauf stieg saurer Rauch auf. In diesem Moment sah ich vielleicht die ersten Anzeichen von Angst auf seinem weißen, käsig-porösen Gesicht.

– Und jetzt halts Maul und beweg dich nicht, – preßte Dswinka hervor.

– Du schießt nicht auf mich, verstanden? Verdammtes Flittchen!

Dswinka schoß wirklich nicht, aber ich konnte mich nicht zurückhalten und trat ihm ins Gesicht. Unter meiner

Ferse krachte etwas. Fedja preßte die Hände auf die Nase und brüllte los.

– *Du bast bir die Base gebrochen, ARSCHBICKER!*

Das letzte Wort hörte ich allzu deutlich, dachte darum auch, daß Fedja noch nicht genug hatte. Und trat noch einmal zu.

– Willst du mehr? Nein? Dann sitz still.

Fedja konnte es einfach nicht glauben, daß seine Macht dahin war. Er hielt sich weiterhin für den Großen Hippie-Vernichter. Sollte ich noch einmal zutreten? Damit er nicht auf den Gedanken kam, zu fliehen?

Dswinka kam mir zuvor, indem sie ihm mit der Pistole eins über den Kopf zog. Das konnte Fedja nicht dulden. Er versuchte, auf die Beine zu kommen, aber meine Schuhspitzen und Hippies Absätze waren schneller. Fedja heulte kläglich auf und hielt sich die Nase. Zwischen seinen Fingern quoll Blut hervor.

– Hippie, – bekam ich endlich die Lippen auseinander. – Gib mir das Isolierband.

Der Glatte Hippie versteinerte. Er blickte über die Schulter nach hinten, als suchte er etwas mit den Augen, und erstarrte wieder.

– Hörst du? Laß es rüberwachsen, Alter. Wir fesseln ihn. Mach schon!

Endlich sagte Hippie schuldbewußt:

– Misko, ich hab vergessen, es herzubringen. Und die Schaufel auch.

Fedja – die gestürzte Gottheit – ließ seinen Blick erschrocken von einem zum anderen wandern. Ich stöhnte laut. Jegliche Kraft, etwas zu sagen, verließ mich. Die ganze Wut auf Fedja war mit meinen zornigen Fußtritten verpufft. Es blieb ein unverdünnbarer Bodensatz Angst.

– Wie kann das sein? – fragte ich müde. – Ich hab dich doch gestern daran erinnert …

Dswinka schoß verlorene Blicke mal auf mich, mal in Richtung unseres Gefangenen und hielt die Waffe weiterhin fest umschlossen.

Ich patschte mir müde auf die Wange. Am liebsten hätte ich das Ganze mit einer Handbewegung abgeblasen und zu Fedja gesagt: »Gut, Alter, das war ein schlechter Scherz. Mach dich nicht mehr an Dswinka heran, okay?« Mit jeder Minute wurde dieser Wunsch stärker. Um seinem hartnäkkigen Locken nicht nachzugeben, sagte ich:

– Okay, paßt gut auf ihn auf, damit er nicht wegläuft. Und ich hol schnell das Isolierband.

Hippie sah noch verstörter aus, und sein Gesicht nahm eigenartige Farbtöne an. Er beugte sich zu mir und flüsterte, wobei er Fedja ständig im Auge behielt:

– Alter … verstehst du … ohne DICH rennt Fedja weg, auch wenn wir eine Maschinenpistole hätten … Er fürchtet sich nicht vor uns. Er fürchtet sich vor DIR. Du gehst – er rennt weg.

– Und was schlägst du vor? Ihn hier lassen und nach Hause Teetrinken gehen? Ihm sagen: »Ein andermal, Fedja, gut. Wir haben heute das Band vergessen«, ja? Los geh.

Plötzlich meldete sich Dswinka zu Wort:

– Misko, dann geh ich. Ich falle nicht so auf wie Hippie.

– Und wenn die Hopniks noch dort sind?

Es antwortete Hippie:

– Misko, ich begleite sie. Weil, ich habe das Isolierband bei mir zu Hause unter dem Fenster versteckt. Du würdest es ohne mich nicht finden, – wandte er sich an Dswinka.

Zuerst versuchte sie zu protestieren, stimmte dann aber schnell zu und gab mir die Pistole.

– Hier, paß gut auf ihn auf.

Sie küßte mich zart auf die Lippen und ging zur Tür. Hippie hinter ihr. Man wird sie zusammen sehen. Das kam mir *richtig* vor, auch wenn ich nicht erklären konnte, wieso.

Zu zweit blieben wir in der Hütte zurück, die Pistole zwischen uns. Ich war bei weitem nicht sicher, daß Fedja sich vor mir fürchtete. Jetzt saß er wieder aufrecht und fixierte mich, seine Augen, deren Iris vor Haß erstarrt war, krallten sich an mir fest; er saß und knackte mit den Fingern, wie das Rotznasen vor einer Rauferei so tun; nein, ich bin bei weitem nicht sicher, daß sich dieser Hurenbock fürchtet... Eins konnte ich langsam mit Sicherheit sagen: I c h *fürchte mich vor* i h m. Auch wenn uns fünf Meter erhitzter Raum und vierhundert Gramm kalter Stahl trennten. Aus dem Zentrum war billiger Diskopop zu hören, der immer wieder von Donnergrollen erstickt wurde.

Alles wird gut, beruhigte ich mich. In einer halben Stunde kommen Dswinka und Hippie – und dieser Scheißkerl taucht in eine bessere Welt.

Etwas später huschte ein leichtes Lächeln über das Gesicht meines Feindes. Dieses klassische, akademische Lächeln, das in seinem ganzen Leben noch nichts Gutes verheißen hat. Mit so einem Lächeln kam er auf einen zu, wenn er seinen Fäusten ein Aufwärmtraining gönnen wollte.

Ich spürte: Die Spannung wächst. Es schien, als hätte jemand einen unsichtbaren Van-de-Graaff-Generator in den Schuppen gestellt. Schlagartig wurde es ungemütlich in dieser von Staub durchsetzten, orangen Hitze.

Und die Spannung von
(der Eidechse)
nirgendwo...
Alles wird gut, beruhigte ich mich.

Alles war auch wirklich gut. Es war eine Viertelstunde vergangen, seit ich mit ihm allein war; noch einmal so lange – und sie kommen zurück.

Ich betrachtete sein

(obwohl im orangen Stil)

weißes Hemd mit einem kleinen Alligator auf der Brust. Das zum Mund kriechende Blut auf seiner Oberlippe. Kein schlechtes »Klagelied der Ukraine«.

Alles war gut auf dieser orangen Welt, bis er den Mund aufriß und zu sprechen begann.

In dem Moment nahmen die Unannehmlichkeiten ihren Anfang.

Zehntes Kapitel

1.

– Ihr seid alle im Arsch, Mistkerl. Ich sag's dir.

– Sei still, – antwortete ich ihm beherrscht. Er schwieg eine Zeitlang.

– Deine Tussie will mich.

– Ja und?

Er spuckte Blut.

– Als dieses Flittchen sagte, daß wir hierhergehen würden, nur wir zwei, hab ich *es* in ihren Augen gesehen. Sie wollte mich.

Ich schwieg. Denn ich spürte: Mir rutscht was raus.

– Hörst du, Arschloch? Hat sie dir erzählt, daß ich sie einmal in der Schule fast durchgefickt hätte?

Ich reagierte nicht. Schielte zu den Brettern, durch die das Aufleuchten der Blitze zu sehen war. Schaute, ob die *Meinigen* nicht schon kämen.

– Nee? Verdammt! Dann will sie mich wirklich, – Fedja verzog das Gesicht zu einem häßlichen Grinsen. Es juckte mich immer heftiger, in dieses niederträchtige Grinsen zu treten, es mit dem Absatz zu zerquetschen, Fedja die Zähne auszuschlagen und ihn zu zwingen, sie allesamt zu schlucken – einen nach dem anderen. Und dann noch auf seinen Brustkorb zu springen und ihn zu Staub zu zerreiben, sein Gesicht auf dem Boden zu verschmieren, um es auszulöschen, dieses bösartige Grinsen, das einem die Nackenhaare zu Berge stehen ließ, für immer auszulöschen.

– Weißt du was, Mistkerl? Ich erzähl dir, wie es war,

wenn das Flittchen schon nichts sagen wollte. Weißt du was? Ich werde sie noch heute Abend ficken. Wenn du abkratzt. Und das erste Mal poppe ich sie vor deinen Augen, damit du vor Eifersucht krepierst. Und nach deinem Tod – alle zehn Minuten bis zum Morgen. *Verstanden, du Mistkerl?!*

Ich drückte den Griff der Pistole fester. Der Auslöser machte es sich unter meinem Finger bequem – mein kleiner neuer Freund, der nur darauf wartet, daß man ihn drückte.

– Du, Arschloch! Hörst du, was ich sage? *Vor deinen Augen!* Denn so einen Kastraten wie dich hätte sie im Leben nicht rangelassen, auch wenn du hundertmal ihr Kumpel wärst! So is es, Mistkerl. Ich weiß einfach, was für Pazany Tussies wirklich wollen... Du hast mir ins Gesicht getreten, – sagte Fedja, als wäre es ihm gerade wieder eingefallen.

Ich nickte.

– Dafür mach ich dich fertig, – konstatierte er den durchaus wahrscheinlichen Umstand. – Ich mach dich fertig, und niemand wird je etwas davon erfahren. Und weißt du was?

Ich preßte die Zähne aufeinander.

– Weißt du was, Arschloch? Deine Tussie wird bei mir zehnmal am Tag in die Hündchenstellung gehen.

– Halts Maul, – zischte ich durch die zusammengepreßten Zähne.

– Du bist doch ein Homo, nicht wahr? Du und dieser langhaarige Arschficker-Ken. Sie läßt dich im Leben nicht ran, und ich werd sie vögeln, soviel ich will, verstanden, Hohlkopf, angeschissener? Und du wirst tot daliegen, *hast du's gerafft?*

– Halt dein verdammtes Maul, oder ich jag dir eine Kugel in die Stirn.

– Einen Scheiß kannst du mir mit dieser Attrappe tun! Glaubst du, daß ich Attrappen nicht dem Geräusch nach unterscheiden kann? Zuerst knöpf ich mir dich vor. Und dann sie. Wenn du wüßtest, was für weiche Nippel sie hat...

– Hältst du jetzt selbst das Maul oder soll ich es dir stopfen? Glaubst du, ich...

– Wenn du sie mit den Fingern berührst, werden sie hart...

Ich hob meinen Blick zur Decke des Schuppens: drei Balken, trocken und zerbrechlich wie Streichhölzer. Die Balken halten das Dach (hör nicht hin). Das Dach ist mit (hör nicht hin!) Stroh gedeckt. Das Stroh steht unter (hör nicht hin!!) den Balken in alle Richtungen. In der Ecke der Bruchbude lehnt ein alter, wackeliger Hocker (hör nicht hin!!!) – selbst gezimmert. Ich spähte durch die Bretter ins Freie, studierte die Maserung des Holzes, das Relief der Risse – machte alles, um nicht hinzuhören ... um nichts zu hören.

– Weißt du, worum mich Sery damals gebeten hat? Er wollte, daß ich ihr die Beine spreize...

Noch ein bißchen, achte nicht auf den Idioten, meditier über das Gewitter, einfach...

–... weil er ihr den Finger dort hineinst-st-st-st... – Fedja schüttelte sich vor Lachen.

– HINEINSTECKEN! IHR DEN FINGER DORT HINEINSTECKEN WOLLTE, DU ZOTTELIGE MISSGEBURT, JA? UND SERY HAT IHN HINEINGESTECKT, UND ICH HAB JEDE FALTE GESEHEN...

einfach...

– HEY, WO BIST DU?! HÖRST DU, ARSCHLOCH? *SIE IST SOGAR FEUCHT GEWORDEN, ICH HAB ES MIT EIGENEN AUGEN GESEHEN!...*

Ich sprang auf – blitzartig, so schnell es die Erdrealität nur erlaubt – und donnerte Fedja die Pistole auf den Kopf, irgendwo aus der Ferne nahm ich wahr, daß ich aus vollem Hals schrie und mir die Tränen zum Mund strömten.

Ein Schlag traf Fedja mit voller Wucht, aber warum hatte ich nicht gerafft, daß man mich genau dazu provoziert hatte? Er rammte mir den Kopf in den Bauch und die ineinander verschränkten Hände in den Hals. Dann kam ein Hook auf die Schläfe, und ich tauchte in eine tiefe Dunkelheit.

2.

Ein Donnergrollen irgendwo beim Ohr. Eine komplette, ewig lange musikalische Phrase.

Obwohl nein. Von leichten Schlägen auf die Wange kam ich zu mir. Die Schläge, die in der Bewußtlosigkeit beinahe zärtlich gewirkt hatten, waren in Wahrheit heftige Hiebe.

Fedjas schwarzweißes Gesicht, aus dem mir eine schreckliche Fahne entgegenschlug, tauchte über mir auf. In seinem Gesicht entfaltete sich, wie in einem Rosarium zur Blütezeit, eine wilde, unverfälschte Freude. Eine solche Fröhlichkeit verheißt nichts Gutes. Ich fokussierte sein Gesicht und verlor es wieder.

– Los, steh auf, stinkender Arschficker! – Fedja grinste noch freudiger. Ich versuchte, auf die Beine zu kommen, bemerkte aber zu meinem Entsetzen, daß meine Hände am

Rücken stramm gefesselt waren. Zweifellos mit meinem Gürtel, zum Teufel mit ihm.

– Steh auf! – er verpaßte mir einen nicht allzu festen Tritt in die Beine. Als Fedja begriff, daß ich selbst nicht die Kraft zu so einer Operation hatte, riß er mich an den gefesselten Armen in die Höhe. Einen kurzen, verrückten Moment lang schlug der Schmerz wie Zähne in meine Schulter, Farben blitzten auf und erloschen wieder.

Ein weiß-fliederfarbenes Aufblitzen. Und fast unmittelbar danach ein Antwortdonner.

– He, Arschloch? Steig da rauf, – Fedja zeigte mit der Pistole auf den wackeligen Hocker. Ich sah zur Decke und erblickte meinen Gürtel, der vom mittleren Balken baumelte. MEIN GÜRTEL, zu einer Schlinge gebunden.

Nein, das glaube ich nicht, kann ich nicht, WILL ICH NICHT glauben. Denn so etwas kann nicht sein. Das ist jetzt einer seiner schmutzigen Scherze. (Diese Version kommt der Wahrheit näher, an sie glaube ich.) Ja, das kommt der Wahrheit schon sehr nah ... DENN ...

Donner.

– Verstanden, ja? Steig auf den Stuhl, den Schädel in die Schlinge. Verstanden?

Ich versuchte abzuschätzen, wie lange ich bewußtlos gewesen war. Sehr kurz anscheinend, denn Dswinka und Hippie waren noch immer nicht da. Wird eine Gehirnerschütterung in jedem Fall von Bewußtlosigkeit begleitet? Oder eher umgekehrt ... Bedeutet jeder Bewußtseinsverlust eine Gehirnerschütterung? Wenn ich in einigen Minuten zu kotzen beginne,

(falls du noch atmen wirst)

bin ich im Arsch. Ich wollte Fedja sagen, daß er alles falsch machte, er KANN das NICHT so SPONTAN machen –

wir haben uns doch so intensiv vorbereitet, ja, und wo gibt es denn so was, daß Rotznasen andere Rotznasen umbringen... Doch ich ertappte mich bei einem ziemlich ungemütlichen Gedanken, der meine innere Stimme verstummen ließ.

Fedjas Köpfchen arbeitete ausgezeichnet, zumindest in diesem Bereich. Ist es rudimentärer Tötungsinstinkt? Er hinterläßt keine Spuren. Mit Hilfe von Schlägen und der Pistole zwingt er mich, den Kopf durch die Schlinge zu stecken. Denn zu so was ist er fähig. O Fedja, wir eröffnen neue Felder deines Talents, Hurensohn, bekloppter.

– Schnell! Auf den Stuhl. Denkst du, ich schieße nicht, ja?

Ich hab's überprüft, das ist keine Attrappe.

Er stieß die Mündung der Pistole in die Wunde, die der Schlagring hinterlassen hatte. Wieder Farbblitze vor Schmerz.

– Was is, Arschgesicht, nicht verstanden? Rauf!

Ich schaute in sein fröhliches, blasses Gesicht, das Gesicht eines Fieslings. Die Vorfreude auf ETWAS INTERESSANTES. Mein Herz brüllte vor Verzweiflung, denn DIESES INTERESSANTE mußte ich sein, indem ich in Erstickungskrämpfen baumelte. Ich stellte einen Fuß auf den wackeligen Stuhl. Blitz – Donner. Kletterte hinauf. Er bewegte den Pistolenlauf von meinem Herz zur Leistengegend.

– Und jetzt in die Schlinge. Hopp! – er stieß mit der Pistole schmerzhaft dorthin, wohin er zielte. Mit auf dem Rücken gefesselten Armen (mit Fedjas Gürtel, oder was?) fiel es mir schwer, das Gleichgewicht zu halten. Der Hokker schwankte unter meinen Füßen. Als wäre mir gerade ein Kropf gewachsen, konnte ich nicht schlucken. Es gab kaum Luft zum Atmen. Die Sauerstoffkonzentration hatte durch die hohe Feuchtigkeit stark nachgelassen. Ununterbrochen leuchteten die Blitze auf, aber der Erleichterung bringende Regen ließ auf sich warten. War das schon das Ende?

– In die Schlinge.

An dem Gürtel haftete der Geruch meines eigenen Schweißes und Dswinkas irreales, rätselhaftes Aroma. Wie war es dahin gekommen? Fedja dachte, ich versuchte Zeit zu schinden, und stieß noch fester mit der Pistole zu. Um den Kopf durch die Schlinge zu stecken, mußte ich mich auf die Zehenspitzen stellen. Die Knochen meiner Füße knirschten. Sich in so einer Stellung auf dem Stuhl zu halten, war noch schwieriger. Langsam umschlang mich die Panik. Bereits ohne jegliche Hoffnung hüllte ich mich in Ausweglosigkeit wie in eine crazy Verpackung von Christo.

– Zieh ihn fest. Den Gürtel.

– Idiot, meine Hände sind gefesselt.

Er versetzte dem Stuhl einen wütenden Stoß, woraufhin dieser beinahe unter mir wegkippte. Mir wurde übel.

– Paß auf, was du faselst, sonst zuckst du gleich mit den Beinchen.

Durch meine Balancierübungen auf der Sitzfläche des Hockers zog sich die Schlinge von selbst enger. Die schwere Schnalle, die ich früher so toll gefunden hatte, schnitt mir in den Hals. Beine und Rücken begannen zu schmerzen. Schwerer Schweiß lief an mir herunter, aber ich nahm meinen Geruch nicht wahr, sondern Fedjas stechende Ausdünstung, die scharf und ungewohnt war und an zu lange gebrannte Kaffeebohnen erinnerte. Das Hemd mit einem klitzekleinen Krokodil

(oder vielleicht einer Eidechse?)

färbte sich auf Brust, Rücken und unter den Achseln grau. Fedja strahlte weiterhin wie ein polierter Silbergroschen.

Er setzte sich mit dem Rücken zur Tür, so daß er mein Gesicht gut sehen konnte. Die Pistole plazierte er auf seinen Knien.

Die Sehnen und die Wadenmuskulatur dröhnten bereits wie Baßsaiten. Ein heißer Schmerz begann darin zu hämmern. In Rücken und Hals zog es. Jetzt überfiel mich echte Panik. Blitze erstrahlten, machten Dunkles schwarz und Helles makellos weiß. Die Waden heulten auf und verwandelten sich in brennende Fleischstücke.

Fedja schlug mit einem Mal einen rauheren Ton an.

– Jetzt kommt dein Arschfickerfreund angeschissen, mit ihr. *Der Schlampe*. Und weißt du was? Diesem Arschgesicht zieh ich eins über, und dir kicke ich den Stuhl weg. Und mit ihr ... Während du am Strick erstickst, reiß ich ihr Rock und Höschen runter und dann ...

Er lachte bösartig und gab dem instabilen Gestell mit der Schuhspitze einen Schubs. Ich versuchte, mich auf die ganze Fußsohle zu stellen, aber die Fersen reichten nicht hinunter, und das Leder schnitt sich noch tiefer in meine Kehle. Die Zunge wurde trocken, groß und hart wie Schleifpapier.

Nur keine Panik kriegen, wenn ich hier, auf dem Stuhl, zu wanken beginne, zerbricht er und dann ... Aber Panik läßt sich nicht unterdrücken.

Das Aufleuchten eines Blitzes. Ein fürchterlicher Donner. Nach dem Donner waren absonderliche Geräusche zu hören: Africe Simone sang sein königliches »Kukarella«, was den surrealen Charakter der Situation noch verstärkte.

So ist es also: 'nem andern keine Grube grab – vielleicht hält er schon eine bereit. *Es tut so weh, zerfrißt mich buchstäblich, wie Feuergel die nackte Haut, es tut so weh.*

Die Kraft ließ mich allein mit meinen Schmerzen. Sie rann aus wie Plasma aus den Erythrozyten. Einen Moment vergaß ich, wo ich war. Dann fiel es mir wieder ein, und ich begann in Panik, die Hände herumzureißen. Um den Hals wurde es noch enger, der Kopf zersprang förmlich wegen des Sauerstoffmangels, der Geruchströme und Geräusche. Die mit einem leisen Pfeifen eingezogene Luft rann wie ein erhitztes Rinnsal in meine Brust. Zu wenig Luft. Wieder Panik.

Mit einem Schlag schoß mir ein schrecklicher Gedanke durch den Kopf: Hippie hatte Schiß bekommen und Dswinka überredet nach Hause zu gehen, hatte vielleicht gesagt, Misko sieht, daß wir lange weg sind und geht irgendwann selbst ... Weil Fedja ohnehin seinen Teil abbekommen hat ...

So ein Mist, so etwas konnte WIRKLICH passieren! *Und ist vielleicht passiert*! Der Glatte Hippie hielt die Angespanntheit der Situation nicht aus und gab auf. *Aber konnte er das? Bestimmt ... Aus, das ist das Ende.*

Ich ließ mich langsam, sehr langsam auf die Fußsohlen, um die Anspannung in den Waden für einen Moment zu lösen. Sofort schwirrten schwarze Fliegen vor den Augen los, ließen alles verschwimmen. Sie wuchsen zu grauenvollen, bunten Schmetterlingen an – grüne, gelbe Flecken auf der Netzhaut. Mit letzter Anstrengung streckte ich mich noch einmal.

Fedja sah mir mit ehrlichem Interesse zu. Das ruhige Gesicht eines unbeteiligten Beobachters. Ein leichtes Zucken im linken Augenwinkel. Verdammt, ich will mich auf den

Boden setzen, den Beinen etwas Ruhe gönnen, super-nasses Wasser schlucken, atmen aus voller...

Fedja schaukelte das Stuhlbein gedankenverloren mit seinen Füßen, mit jedem Mal erhöhte er die Amplitude. Ich hielt mich mit letzter Kraft, *jetzt gleich wird der Schmerz so unerträglich, daß alles an Bedeutung verliert und ich selbst vom Hocker springe, nur um meinen Beinen Ruhe zu gönnen... wie weh es tut, wie weh, wie weh... Ich stürze mich einfach in die Schlinge, nur nicht dieses brennende Feuer in den Muskeln.*

(die Schmerzen sind so stark wie bei einer intramuskulären Napalm-Injektion)

– Das war's. Ich glaub, du hast genug für heute.

Na endlich, dachte ich, *ENDLICH hat alles ein Ende! Und ich hatte solche Angst, dachte, daß Fedja wirklich dazu fähig wäre, so etwas Gefährliches zu Ende zu bringen... Und wieso habe ich nicht gleich gerafft, daß das ein kleiner, schwarzer Antwort-Scherz war? Fedja wird mich nicht mehr anrühren, wenn er schon sagt: »Für heute ist es genug«, vielleicht werden wir sogar Kollegen, vergessen alle alten Beleidigungen...*

Aber Fedja trat fest gegen den Stuhl, und unter meinen Beinen explodierte die Leere

SCHOCK SCHOCK SCHOCK SCHOCK SCHOCK SCHOCK SCHOCK SCHOCK SCHOCK SCHOCK

Ich spürte, daß die Harnblase nicht standhielt, *aber angeblich passiert bei Gehängten nicht nur das, es kann auch zur Pollution kommen*

(Mein Gott ich erlebe wirklich einen Orgasmus den stärksten meines Lebens zum Teufel ich bin wirklich gekommen!)

oder zur Entleerung des Darms keine unschuldigen Flüssigkeiten wie Harn oder Sperma atmen laßt mich atmen mein Hals grüne gelbe Tulpen sind aufgeblüht grüne Tulpen aufgeblühte Farben

Der Gürtel drückte wahnsinnig auf den Adamsapfel schnürte meinen Hals ab und ich wartete bis das Gewicht meines Körpers den ersten Halswirbel bricht und den zweiten zermalmt ich wartete ungeduldig auf dieses trockene Geräusch und es schien als wäre die Zeit einen Moment stehen geblieben ich riß mich los von der Zeit und hing irgendwo zwischen den Ebenen der Realität außerhalb der Zeit ich sehe deutlich jedes Detail jedes Strichlein dieser schwarzweißen Gravur es scheint als würde sie sich für immer in die Netzhaut einbrennen

Die Zeit kehrte zurück, die Tür ging auf, und als erstes kam Dswinka herein, die Schaufel in der Hand. Fedja versteckte sich dort, wo ich selbst vor einer Stunde gekauert hatte. Als Dswinka sah, wer da mit den Beinen in der Luft tanzte, schrie sie so laut, daß sie dem Donner Konkurrenz machte. Ich strampelte herum und zeigte auf Fedja. Zu spät – er sprang mit der Pistole in der Hand hervor und richtete die Mündung auf Dswinka.

– Na was, Flittchen, in der Falle, ja? Das haste nicht erwartet!

Dswinka verzog verzweifelt den Mund, und mit einem Mal war ich mir sicher, daß ich mit diesem Bild im Gedächtnis sterben würde,

(eine wunderschöne blauäugige Nymphe in avocadofarbenem Kleid, wunderschöngrün, wie die jüngste Geliebte Poseidons)

da krachte es laut – kein Donner, anders, viel trockener, und ich sah gerade noch, wie sich die Erde tosend näherte.

Als ich auf den Boden aufschlug, biß ich mir auf die Zunge und rammte mir die Knie in den Kiefer. Heißes, salziges Blut überschwemmte meinen Mund.

Fedja, der nicht raffte, was vor sich ging, drehte den Kopf in meine Richtung.

Ohne einen Moment zu zögern, donnerte Dswinka ihm mit der scharfen Kante der Schaufel auf die Birne. Fedja knickten die Beine weg, und die gestürzte Gottheit fiel.

3.

Dswinka stürzte zu mir, als wäre nicht sie es gewesen, die gerade mit der Schaufel Fedjas Kopf gespalten hat. Sie versuchte meine Hände zu befreien, während Hippie mir den Gürtel vom Hals streifte. Die mit Kaffeegeruch angereicherte Luft brannte in der Brust. Endlich waren meine Hände frei, und ich konnte sie vorsichtig an meinen Hals legen, der vor Schmerz brannte.

Ich schwamm irgendwo in weiter Ferne. Dswinka küßte meine blutleeren, violetten Lippen, mein aschgraues Gesicht und flüsterte: »Ich hatte solche Angst, solche Angst«, und weinte leise, während sie meine kalten, tauben Hände drückte.

Ich brachte kein Wort heraus, denn die Luft riß mir die Kehle wund. Mir war, als würde ich durch ein umgedrehtes Fernglas in die Welt schauen. Ihre verzweifelten Tränen ließen mich kalt, ich wandte mich ab und tauchte wieder in die Finsternis. Endlich stürzte ich in eine trockene Dunkelheit, in der schmerzlose Ruhe hauste.

4.

Es war wie das Auftauchen aus den schwarzen Tiefen des Styx. Ich drückte ihre Hand und versuchte mich aufzusetzen. In meinem Kopf drehte es sich, Kehle und Hals stöhnten im Feuerduett. Grüßt mich, den Sündigen, in der Welt der Farben ...

Ich betastete ängstlich meinen Hals, verwundert, wie sehr er angeschwollen war. Ich versuchte zu schlucken, aber meine Kehle antwortete mit schneidendem Schmerz. Ich konnte nicht einmal normal ausspucken, sondern bloß die Zunge ein wenig herausstrecken und die Feuchtigkeit von ihr blasen.

Dswinka und Hippie rauchten. Beiden stand der Schreck ins Gesicht geschrieben. Ich bemerkte, daß nur Dswinka in Farbe war. Denn nur sie allein gab mir jetzt Sinn, jetzt, wo es so einfach wäre, das Gefühl im Hinterkopf zurückkehren zu lassen und wieder in die stille Dunkelheit hinabzutauchen, wo ich gerufen werde.

Sie schmiegte sich eng an mich, so daß ich ihre Brüste an meinem Oberarm fühlen konnte. Der Sinn lag in ihr, der grünen Undine, der Meeresnereide, in ihrer im schwarzweißen Alltag farbigen Wirklichkeit, in ihrer Wärme, in der Wahrhaftigkeit ihres Körpers, der *wirklich* existierte.

Ich blickte tief in ihre geweiteten, glänzenden Augen, zu denen das Kleid so gut paßte, ich wollte nicht

(in die Leere wo ich gerufen wurde zurückkehren)

ohne sie sein.

– Was ist mit Fedja? – hauchte ich vorsichtig.

Dswinka schwieg und deutete mit dem Finger auf einen Haufen in der Ecke. Zu erzählen begann Hippie:

– Wir sind absichtlich nicht durch die Stadt gegangen,

damit uns niemand mit der Schaufel sieht. Wir dachten… äh-h-h-h… *ich* dachte, daß alles okay ist. Und dann kommen wir hierher, als erstes geht Dswinka rein und beginnt zu kreischen. Ich versteh nur Bahnhof und folge ihr und na ja…

– Hippie schluckte, –… na ja ich sehe: Du hängst. Ich dachte, eine optische Täuschung oder so, denn in der Hütte war es dunkler als draußen… Und dann bekomm ich einen gewaltigen Tritt in den Bauch…

Dswinka ließ sich in der Nähe nieder und legte meinen Kopf auf ihre Knie. Sie drehte das Gesicht zur Wand.

– Hm, und alles Weitere ist einfach passiert, – fuhr er fort. – Fedja kam hinter der Tür hervor, sagte was, ich hab's nicht verstanden, weil es gerade donnerte. Ich dachte, das ist unser Ende. Und du hast mit den Beinen gestrampelt, und der Balken, an dem du hingst, ist gebrochen. Fedja drehte sich um, und Dswinka… mit der Schaufel auf den Kopf… Er ist hinüber, Misko. Fedja ist hinüber. Ich hab's überprüft: Er atmet nicht. Und sein Herz schlägt nicht.

Dswinka sagte während der Erzählung kein Wort, blickte mich nur hin und wieder bekümmert an, als wollte sie sich entschuldigen.

Wir haben es also getan. Wir haben die Bestie ins Jenseits befördert. Und obwohl ich es nicht selbst getan habe, spürte ich eine seltsame innere Leere. Als wäre ich eine ausgepreßte Zitrone. Natürlich tut es mir um das Arschloch nicht leid. Schließlich war er es, der vor einer halben Stunde versucht hatte, mich am eigenen Gürtel zu erhängen.

– Am besten, wir warten noch ein wenig, bis es zu dämmern beginnt. Und dann tragen wir ihn zum Sumpf, – sagte ich leise, aus Angst vor einer weiteren Schmerzattacke.
– Die Wolken hängen ganz tief, – warf Dswinka ein. – Es ist praktisch *dunkel*. Wir können ihn auch jetzt schon hintragen. Das Volk tobt in der Disko, – ihre Stimme zitterte kaum merklich.

Ich versuchte noch einmal aufzustehen, diesmal mit mehr Erfolg. In diesem Moment machten mir nur der Hals zu schaffen und die bei jedem Gehversuch vor Schmerz aufjaulenden Waden. Aber das sind Kleinigkeiten.

5.

Violett.

Der Sumpf lag direkt vor uns. Man hätte ihn leicht mit einer kleinen Bergwiese verwechseln können, wären da nicht die vielen Pfützen in der Mitte und der niedrige Zaun aus langen Ästen gewesen, zwischen denen man problemlos hindurchklettern konnte. Ich hob einen Zweig auf und versuchte, ihn in den grasigen Boden hinter dem Zaun zu stecken. Zuerst versank der Zweig langsam wie in aufgeweichter Erde, im nächsten Moment verschluckte ihn der Sumpf. Die Erde gluckste unter den »Doc Martens«.

Dswinka trat vor die Bruchbude, um abzuchecken, ob sich dort niemand Überflüssiger herumtrieb. Aus dem zerschlagenen Kopf unseres Bekannten strömte Blut, doch der Schädel schien gar nicht so stark beschädigt zu sein. Ich bat Hippie, dort, wo besonders viel Blut war, den Boden umzugraben, obwohl ich die Stelle schon sorgfältig mit Fedjas weißem Hemd gesäubert hatte. Ich bezweifelte, daß die umgegrabene Erde unsere Untat verbergen würde, aber wir mußten es wenigstens versuchen. Auf den umgegrabenen und dann wieder festgetretenen Boden streute ich frisches Heu vom Schober in der Nähe. Den Hocker stellten wir an seinen Platz. Ich band mir den Gürtel wieder um und schnappte auch Fedjas. Dswinka stand Schmiere.

Wir trugen den Körper vorsichtig in den Schutz der Bäume. Dort, im Versteck, packte ich die Leiche fest an den Beinen, Hippie faßte sie an den Handgelenken. Verdammt, ist der schwer.

Wir nahmen nicht den Weg, natürlich nicht. Sondern wir schleppten den Körper auf einem Umweg durchs Unterholz. Alle fünf Minuten blieben wir stehen, um auszuruhen, mir war schwindlig und speiübel. Bei einer Pause kotzte ich mein bescheidenes Mittagessen aus.

Hippie zuckte einige Male nervös zusammen, weil er dachte, man hätte uns entdeckt.

6.

Das Aufleuchten eines Blitzes. Donner.

– Also was? Schmeißen wir ihn rein und hauen ab?

Damit sie nicht in den Sumpf gezogen würden, schlüpften Hippie und ich aus unseren Stiefeln und kletterten nacheinander über den Zaun. Dswinka half, den Körper auf die andere Seite zu hieven. Ich dachte die ganze Zeit darüber nach, wann zum Teufel er endlich erkalten würde. Wir wateten barfüßig durch das feuchte Gras, aus dem die Kälte und der Geruch des Sumpfes aufstiegen – schwer und scharf.

– Misko, nimm.

Ich packte zu.

– Komm, mit Schwung, damit er weit in die Mitte fliegt.

Und wir schwangen den Körper, wie Vater und Großvater mich als Kind oft geschwungen hatten.

– Und eins ... und zwei ... und dr-r-rei! – der Körper flog in einer flachen Kurve schwer durch die Luft und schlug genauso schwer auf den Boden. Drei Meter von uns entfernt. Der Sumpf weigerte sich, ihn zu verschlucken.

Einige Minuten standen wir vollkommen reglos; schweigend versuchten wir dahinterzukommen, wieso unser genialer Plan, das Hauptbeweisstück zu versenken, nicht aufging.

– Verdammt, *er geht nicht unter* ...

Mir kam in den Sinn, daß der Körper bis zum Ende des Sommers auf dem Sumpf liegen bleiben könnte. Und wir nicht näher herankämen, um unseren Kollegen anständig zu begraben.

Hinter mir schlug sich Dswinka verzweifelt auf die Oberschenkel.

Hippie fragte mit zitternden Lippen:

– Misko, und was *jetzt*?

Ich zuckte mit den Schultern. Setzte mich auf den Zaun und überdachte die Situation.

– Ich krieche zu ihm und halte mich dabei an einem Ende der aneinandergebundenen Gürtel fest. Wenn ich einsinke, zieht ihr mich schnell heraus. Ich nehme die Schaufel und lockere die Erde unter ihm.

Sie banden die Gürtel aneinander, und ich kroch vorsichtig und langsam wie ein Jungpionier zu der Leiche. Die kleinen Vertiefungen, die meine Hände hinterließen, füllten sich gemächlich mit Wasser.

Ein Blitz erstrahlte.

Ich blickte auf meine Hände, um nicht vorzeitig einzubrechen. Plötzlich schrie Dswinka laut auf.

– E-e-e-e ... *er*!

Ich drehte den Kopf.

– Was ist?

– Er! Hat sich bewegt! Hat die Hände gehoben und wieder fallen gelassen! *Er lebt*! SCHON WIEDER!

Eine Sekunde schien mir, als müßte ich jeden Moment aus einem entgleisten Traum erwachen. Der von uns voreilig für entschlafen erklärte Fedja bewegte jetzt die Arme und versuchte aufzustehen. Dswinka schrie, die Hände auf den Mund gepreßt, noch einmal auf. Mir lief ein Riesenschauer über den Körper, und das Herz raste wie nach einer Adrenalininjektion in das Myokard.

Der dämonische Fedja stemmte sich mit den Armen zum Sitzen hoch und schüttelte den Kopf, vielleicht in der Hoffnung, den Sinn des Geschehens zu durchschauen. Er hob den Kopf (das Aufleuchten eines Blitzes gab seiner Haut eine unnatürliche Bläue) und blickte wild um sich. Fedjas linkes Auge war blutüberströmt, und er bewegte es wie ein Fisch.

Plötzlich trafen sich unsere Blicke. Ich erkannte den Tod in seinen Augen und wandte den Blick als erster ab. Kaum zu glauben, aber Fedja kam auf die Beine und bewegte sich in meine Richtung. Ich war wie paralysiert. Der vom Blitz erleuchtete Fedja, in seinem blutbesudelten, erdverschmierten Hemd, das ich ihm mit Mühe übergestreift hatte, machte zwei Schritte nach vorn und brüllte irgendwas. Vom Himmel fielen die ersten Regentropfen.

Ich stand auf. Meine Knie zitterten und mir schien, als würde ich Fedja jeden Moment in die Arme fallen. Entsetzen, wie Kokaingranulat kristallisiert und alles durchdringend wie Helium, floß statt Lymphe aus meinen Poren. Ich hob die Schaufel wie eine Hellebarde auf halbe Höhe. Fedja kam noch einen Schritt näher. Es sah aus, als würde er sich auf den alles entscheidenden Wurf vorbereiten, um mich auf die andere Seite mitzunehmen. Ich hob die Schaufel über den Kopf.

Ein Blitz. Donnergrollen.

Der Donner führte sein Requiem zu Ende, und die Ereignisse folgten mit orkanartiger Geschwindigkeit aufeinander. Fedja warf sich mit furchterregendem Kampfgebrüll auf mich. Hinter mir kreischte Dswinka. Die Schaufel in meinen Händen beschrieb einen genialen Bogen und schnitt sich in Fedjas linke Schläfe, zerschmetterte den Knochen und teilte das weiche Gewebe seines Gesichts, als wäre es Speiseeis. Fedja heulte auf, und in diesem Moment brachen wir ein, mit einem Mal stand uns das Wasser bis zum Bauch. Meine Freunde versuchten hektisch, mich aus dem Morast zu ziehen ... Die kalte Sumpfsuppe ließ meine Eier schmerzhaft zusammenschrumpfen. Verzweifelt und mit einem letzten Funken Hoffnung klammerte ich mich an die Schnalle meines Gürtels. Ein Ruck (ich spüre, wie die Hand um ein Haar ohne mich ans Ufer geflogen wäre) – und ich bin auf festem Boden. Fedja röhrte und schlug mit den Händen um sich. Nach einigen Schlägen verließ ihn die Koordination, aber durch die Stöße verstärkte sich die Sogwirkung. Die Oberfläche des Sumpfes wogte wie eine Grasdecke im Wind. Plötzlich krallten sich seine flatternden Hände in meinen Unterschenkel und zogen ihn mit einem Ruck zu sich. Ich brüllte und ließ die Schaufel mit ganzer Wucht auf seinen Unterarm sausen. Unter dem Metall spritzte Blut hervor, und der Griff lockerte sich. Ich befreite mein Bein und kroch weiter.

Das leichte Nieseln hatte sich zu einem Gewitterregen ausgewachsen. Der Regen ragte wie eine kalte, graue Säule in den Boden. Fedja röhrte noch, als der Sumpf ihn zu verschlucken begann, ich konnte den Blick nicht von der Furche wenden, die die Schaufel auf seiner Stirn hinterlassen hatte. Unter dem Blut trat etwas Weißes hervor, an das ich besser nicht denken wollte.

Jeder beobachtete von seinem Platz aus das weitere Geschehen. Fedja schlug die Hände in die Grasnarbe und zerfurchte sie mit den Fingernägeln, er versuchte sich an Grasbüscheln festzuhalten, aber sie stürzten mit ihm in den schwarzen Wassersee, der sich mit jeder seiner Bewegungen verbreiterte. Fedja röhrte, aber das Dunkel sog ihn tiefer und tiefer ein.

Endlich verschwand auch der blutüberströmte Kopf unter der vom Regen aufgewühlten Oberfläche. Ich hielt den Atem an, als der teuflische Fedja bis zur Brust auftauchte. Er spuckte Wasser ... stürzte aber im nächsten Augenblick wieder zurück. Auf dem grünen Grasteppich blieb nur ein schwarzes Auge. Der Regen erzeugte Blasen, die lange nicht zerplatzten. Ich kletterte zu meinen Freunden. Der Regen wurde immer stärker, und wir trotteten nach Hause.

7.

Die progressive Jugend tanzte unter dem Dach des Klubs ab. Das ältere Volk wärmte sich bei der Kapital-Show »Pole Tschudes« vor dem Fernseher die Knochen. Hippie ging zu sich, ich gemeinsam mit Dswinka in meinen Bungalow unter den Zypressen.

Wir zogen etwas Trockenes an (ich mußte Dswinka eines meiner T-Shirts geben) und setzten uns in die warme Küche. Der Regen vertrieb die Schwüle. Es kühlte ab und der Kopf wurde klarer.

Dswinka kochte mir Griesbrei wie einem kleinen Kind. Etwas Hartes hätte ich nicht essen können. Wir machten einen superstarken Tee. Ich zauberte uns Gogol-Mogol mit Zimt und Vanille.

Den Tee und das Gogol-Mogol genossen wir im Dunklen auf der Veranda und gaben uns mit dem Licht der Blitze zufrieden. Später liebten wir uns auf dem alten Sofa, denn in unserem Alter macht man es gerne täglich. Wir liebten uns, um alles auf der Welt zu vergessen. Es donnerte und blitzte wahrscheinlich bis zum Morgen. Dswinka hatte sich ganz zusammengerollt und sich auf der Suche nach Trost an mich gedrückt; ich brauchte ihre Wärme, um die Leere zu füllen, die sich in meinem Inneren gebildet hatte. Wir redeten noch lange, bis tief in die Nacht – sie flüsterte mir etwas ins Ohr und lachte, und ich wartete, bis sich die Leere endlich füllen würde.

So lernten wir, vor dem zu flüchten, was wir angerichtet hatten. Lernten zu leben.

Elftes Kapitel

1.

Dswinka wollte einen Spaziergang mit mir machen, sie fand, ich sei zu blaß. Im trüben Morgenlicht ähnelte ich tatsächlich einer Leiche. Über den Hals hatten sich an der Kehle und an den Seiten große Blutergüsse ausgebreitet. Sie beunruhigten mich ernsthaft: graugelb, stellenweise mit roten Adern durchzogen. Unter dem Kiefer, wo die Schnalle aufgesessen hatte, verhärteten sich wild schmerzende Hämatome. Das linke Auge ließ zu wünschen übrig – es war blutunterlaufen.

Hinter dem Ohr hatte ich eine Schwellung. An der Schläfe einen grünlichen Bluterguß. Alles in allem erinnerte ich an einen Troll, der am Vorabend von den dunklen abergläubischen Bauern ordentlich hergenommen worden war.

Es war noch früh, nicht einmal acht, aber bestimmt waren schon Leute unterwegs. Ich klemmte mir eine große verspiegelte Brille auf die Nase und warf mir einen Regenmantel mit großer Kapuze über. Wir gingen spazieren.

2.

(Zeitung »Patriot«, Midni Buky,
Ausgabe Nr. 35(146), Seite 7)

LOKALNACHRICHTEN.
STREICHE MIT DEM FEUER?

Der Tag der Jugend verlief nicht ohne unerfreuliche Vorkommnisse. In der Nacht auf Sonntag fing ein Heuschober Feuer, es griff auf einen Hirtenverschlag über. Leider gelang es dem Regen erst, den Brand zu löschen, als von Schober und Hütte nur noch Asche übrig war. Die Ermittlung der Brandursache dauert an.

3.

– Ich habe einfach gedacht, daß es so besser wäre! Weil: so ist es auch besser, – die Augen des Glatten Hippie blitzten in krankhafter Erregung. – Sehr, *sehr* viele Spuren. Und so – keine einzige! Das Blut!... Verstehst du?! Versteht ihr beiden? Massenhaft Blut aus seiner Birne. Und so – ein Haufen Asche. Wahrscheinlich ist sogar die Kugel geschmolzen. Kein Fliegendreck ist heil geblieben!

– Du bist ein Idiot, Hippie. Und wenn dich jemand gesehen hat? Wie du im Regen mit einem Gläschen Benzin herumgelaufen bist?

– Niemand hat mich gesehen. Und jetzt können die Pazany den Bullen noch so einen großen Bären aufbinden, uns hängen sie nichts an.

– Du bist ein Idiot, Hippie. Und wenn jemand dahinter kommt?!

Aber es kam niemand dahinter.

4.

(Zeitung »Patriot«, Midni Buky,
Ausgabe Nr. 39(150), Seite 11)

VERMISST

Achtung! Fedir Wasylowytsch Kruhowyj, geb. 1976, ist seit Verlassen des Hauses abgängig. Er trug schwarze Jeans, weiße Sportschuhe, ein weißes Kurzarmhemd, am Hals eine Kette mit Metallblättchen mit eingestanzter Schrift »IV(Rh+)«.

Breites, blasses Gesicht, braune Augen, dunkles Haar, Kurzhaarschnitt. Besondere Merkmale: weißgrauer Leberfleck in der Größe einer Streichholzschachtel am Hals.

Zweckdienliche Hinweise über den Vermißten oder seinen derzeitigen Aufenthaltsort bitte UNVERZÜGLICH der Milizbezirksstelle melden, Telefonnummer 3-17-33 oder 02.

5.

Wir spazierten in der schneidenden Morgenluft über die Brücke und hielten uns an den Händen. Der düstere Himmel wurde von einer Nebelschicht verdeckt. Die Luft roch unbarmherzig nach Herbst und nahender Kälte. Ich wunderte mich, wie Gefühle derart phantastisch miteinander verschmelzen konnten: traurig, kalt und gleichzeitig angenehm. Es roch nach Nostalgie. Dswinka an meiner Seite, ihre Hand in meiner. Im Bauch war es warm und leicht. *So eine Schwermut und Wärme – nennt man das nicht Glück?*

6.

JIM:
We have assembled inside this ancient
& insane theatre
To propagate our lust for life
& flee the swarming wisdom
of the streets

7.

Wir werden davonlaufen. Unser ganzes Leben lang. Vor der Weisheit der Massen und den Ratschlägen der Verwandten. Wir werden Ziegel tragen und hohe Mauern errichten.

8.

Die in Nebel – treuer Hüter der Geheimnisse – gehüllte Stadt befand sich nach der gestrigen Party noch immer im Zustand einer alkoholbedingten Toxikose. Das Wasser aus den Bergen hatte den Fluß unter der Brücke in einen schmutzigen, reißenden Strom verwandelt. Kalte Stille umspann uns wie ein Kokon.

Ich dachte, wie leicht es doch ist: *ein Böser zu werden.* Aber waren wir wirklich böse Kinder? Sämtliche Tantchen und Onkelchen würden – ach wie schrecklich – mit uns schimpfen, wenn sie erführen, w a s dieses blauäugige, goldige Kerlchen und die nicht weniger blauäugige Schönheit (ein echtes Püppchen!) gemeinsam mit dem HJler Hippie diesen Sommer angestellt haben. Für sie sind wir blutrünstige Mißgeburten, Teufelskinder, die gnadenlos ihren Kumpel, ihren besten Freund, den phantastischen Menschen, das über die Maßen talentierte Kind, den feinfühligen Sohn und geliebten Enkel, den gesetzestreuen Bürger und verdienten Einwohner von Midni Buky, Fedka Kruhowyj, umgebracht haben.

»Habt ihr gehört? Fedka wurde erschossen! – Mein Gott, *Fedka*?! Wer konnte nur die Hand gegen ihn erheben! Er... er war ein Goldkind! Ein Engel! So artig... Immer höflich und freundlich. O Gott, o Gott, wohin dreht sich unsere Welt?«

Dostojewskij schrieb ein ganzes Buch über die Leiden eines Tschuwak, der eine Alte kaltgemacht hat. Wir töteten und fühlten nichts.

Die Generation der Gleichgültigen. Die Generation der Alles-scheiß-egal-Typen. Aber so ist es nur nach außen hin. Innerhalb der Mauer existieren wir, ja wir *leben* sogar.

Ob ich das Geschehene bereue? *Nein.*

Ob es mich irgendwie berührt?

Nein. Es juckt mich absolut nicht.

Juni-Juli 2000

Anmerkungen der Übersetzerin

5 *Die Anbetung der Eidechse*
Anspielung auf den Lizard King in dem Gedicht »The Celebration of the Lizard« von Jim Morrison, dem Sänger von »The Doors«. Morrison bezeichnete sich selbst oft als Lizard King, sein Ausspruch »I'm the Lizard King, I can do anything« wurde zu einer Art Losung, der Lizard King sein Alter ego.

11 *Kein schlechtes »Klagelied der Ukraine«*
Ironische Anspielung auf die »Klagelieder Jeremias«, aber auch auf das Bild der Ukraine als Land der Geschlagenen. Außerdem lassen sich verschiedene literarische Bezüge herstellen, etwa zu Taras Schewtschenko, Oleksandr Dowschenko, Meletij Smotryzkyj oder Petro Karmanskyj mit seinem »Krywawyj platsch Ukrainy« – »Blutiges Klagelied der Ukraine«.

14 *Lemberger Vernissage*
Kunstmarkt in Lemberg.

Pazan
In Midni Buky gehört jeder Jugendliche einer Gruppe an. Die zwei wichtigsten Gruppierungen – sie spielen auch in Ljubko Dereschs Roman *Kult* eine zentrale Rolle – sind die »Pazany« (auch »Formale« oder »Hopniks« genannt) und die »Freaks« (auch »Hippies« genannt). Die »Pazany« tragen in der Regel einen kurzen Bürstenschnitt, Jeans, einen Gürtel mit Dornen, Turnschuhe, in die Hose gesteckte Hemden; alles vorwiegend schwarz. Sie haben ihren eigenen Moralkodex und neigen zu kriminellen Taten. Die »Freaks« hingegen sind mehrheitlich langhaarige, liberale Pazifisten, wofür sie von den »Pazany« zutiefst verachtet werden.

16 *Jurko Wynnytschuk*
Jurij W., *1952, ukrainischer Schriftsteller, Journalist, Übersetzer. In seinen Erzählungen (vor allem in dem Erzählband »Fenster einer erstarrten Zeit«) ist die westukrainische Familie und deren soziales Umfeld eines der Hauptmotive.

18 *Weiße Mutter*
Mutter-Gottes-Statue am Prospekt Swobody im Zentrum von Lemberg.

NKWS
(Narodnyj Komisariat Wnutrischnich Spraw) Ukrainische Bezeichnung für das Volkskommissariat für Innere Angelegenheiten (russ. NKWD).

19 *Schewtschenko*
Taras Schewtschenko (1814-1861), einer der bedeutendsten Dichter der Ukraine, Mitbegründer der ukrainischen Literatursprache. Schewtschenkos Entscheidung, auf ukrainisch zu schreiben, das zu dieser Zeit als primitive Bauernsprache galt, brachte ihm viel Kritik ein. Aufgrund des rebellischen Untertons seiner Gedichte und wegen seiner Mitgliedschaft bei der »Kyrillo-Methodianischen Bruderschaft« in Kiew wurde er vor Gericht gestellt, verbannt und bekam Schreib- und Malverbot. 1857 erreichten einflußreiche Freunde seine Entlassung.

Stus
Wasyl Stus (1938-1985), ukrainischer Dichter, war einer der engagiertesten Vertreter der ukrainischen Kulturbewegung in den 1960er Jahren und wurde dafür zu insgesamt 23 Jahren in Straflagern und in der Verbannung verurteilt. 1985 wurde Stus für den Nobelpreis nominiert, starb aber einen Monat vor der Verleihung in einem sowjetischen Straflager.

Workuta
Stadt im Nordosten des europäischen Teils Rußlands. Während der Stalinzeit befand sich in Workuta eines der vielen sowjetischen Straflager für politische Gefangene.

23 *stol*
Der Lautverschiebung zufolge ist es die allgemeine Regel, daß im Wortstamm in geschlossenen Silben das russische »o« (und auch »e«) im Ukrainischen zu »i« werden (was nicht für Lehnwörter gilt). Doch keine Regel ohne Ausnahme: das Wort »slin« (Elefant) z. B. gibt es im Ukrainischen nicht.

24 *Pan Mychailo*
Pan bedeutet im Ukrainischen »Herr«. Die aus der Sowjetzeit stammende Anrede mit Vor- und Vatersnamen ist in der Westukraine unüblich. Statt dessen verwendet man Pan/Pani/Panna (Herr/Frau/Fräulein) oft in Verbindung mit dem Vornamen. Diese Form der Anrede setzt sich heute auch im offiziellen Sprachgebrauch landesweit durch.

25 *Kalyna-Sprache*
Kalyna (ukr.) – dem Vogelbeerbaum ähnlicher Baum mit weißer Blüte und roten Beeren (Viburnum, Schneeball). Die Kalyna gilt als Nationalsymbol der Ukraine, sie wird in vielen Liedern besungen.

Alla Pugatschowa
Russische Estradensängerin, in Rußland oft prämiert und sehr beliebt. Vgl. http://www.allapugacheva.ru/ – *Laskowyj maj* (Zärtlicher Mai), Ende der achtziger Jahre entstandene russische Boy group, die primitiven Diskopop spielt. Vgl. http://serg-kuznecov.narod.ru/

Onkel Ba-andera
Stepan Bandera (1909-1959), Politiker, Revolutionär und ukrainischer Freiheitskämpfer. Besetzte führende Positionen in der Organisation Ukrainischer Nationalisten (OUN). Bandera wurde 1934 festgenommen und in Polen zum Tode verurteilt, das Todesurteil wurde jedoch in eine lebenslange Haftstrafe umgewandelt. Nach dem Zerfall Polens 1939 kam Bandera frei und engagierte sich wieder in der OUN. Er gründete eine eigene Fraktion der OUN, die Banderiwzy. 1941 proklamierte er einen unabhängigen Staat in Lemberg, wofür er von 1941 bis 1944 in deutschen Gefängnissen und Konzentrationslagern saß. Bandera wurde 1959 in München von einem sowjetischen Geheimagenten ermordet. In der Westukraine wurde Stepan Bandera zum Symbol für den Kampf für einen unabhängigen ukrainischen Staat. In Rußland und teilweise in der Ostukraine gilt Bandera als radikaler »Nationalistenführer« und die Bandera-Kämpfer (Mitglieder von Banderas Fraktion in der Organisation Ukrainischer Nationalisten) als Nazi-Kollaborateure.

25 *Rozryta mohyla*
zu deutsch: *Das geplünderte Grab*, Gedicht von Taras Schewtschenko, in dem er den Mitte des 17. Jh.s geschlossenen Vertrag zwischen Bohdan Chmelnyzkyj und Rußland kritisiert, der den Grundstein für die spätere Einverleibung der Ukraine in das Russische Reich legte.

26 *Solowki-Inseln*
Archipel im Weißmeer, 160 km südlich des Polarkreises, auf der seit Mitte des 15. Jahrhunderts ein Kloster existiert. Von 1923 bis 1939 befand sich auf den Solowki-Inseln ein GULag. Aufgrund der Abgeschiedenheit der Inseln und des rauhen Klimas galt dieses Arbeitslager als besonders grausam.

Onkel Chmel
Bohdan Chmelnyzkyj (1595-1657) – Kosakenhetman und Begründer der kosakischen Staatlichkeit im 17. Jh., Anführer des Kosakenheeres in den Kriegen gegen die Polen (seit 1648). 1654 unterzeichnete Chmelnyzkyj mit Moskau den umstrittenen Vertrag von Perejaslawl, der die Ukraine enger an Rußland band (vgl. Anm. zu S. 25).

30 *Kupon*
1991 eingeführte Übergangswährung in der Ukraine, die damals wegen der wirtschaftlichen Krise unter einer Hyperinflation litt. Der Kupon wurde 1996 von der heutigen Währung – der Hrywnja – abgelöst.

33 *Tschuhajstyr*
Guter Waldgeist, Gestalt aus der huzulischen Volksmythologie. Die Huzulen sind eine in den ukrainischen Karpaten und im Norden Rumäniens ansäßige Volksgruppe. Durch die Abgeschiedenheit des Lebensraums in den Bergen konnten sich viele Bräuche und Traditionen erhalten.

37 *Tschuwak*
Jugendslang für »junger Mann, Bursche«, wird als Anrede verwendet.

38 *Tschujska-Tal*
Tal in Kirgisien, das für den Hanf-, Mohn- etc. Anbau berühmt ist.

Hlibow
Leonid Hlibow (1827-1893), ukrainischer Schriftsteller, Dichter, Herausgeber. In der ukrainischen Literatur ist er als Verfasser von unzähligen Fabeln bekannt.

39 *Banderowzy* (russ.) / *Banderiwzy* (ukr.)
Ursprünglich Bezeichnung für die Mitglieder und Anhänger der von Stepan Bandera 1940-41 ins Leben gerufenen Fraktion der Organisation Ukrainischer Nationalisten (OUN). Der Begriff wurde in und nach dem Zweiten Weltkrieg von der Sowjetpropaganda in pejorativer Weise verwendet, um ukrainische Untergrundkämpfer sowie ukrainische Nationalisten im allgemeinen zu bezeichnen. Auch heute noch werden die ukrainischen Nationalisten (die oft aus der Westukraine stammen) als Banderowzy bezeichnet.

41 *»Exotische Vögel und Pflanzen«*
Gedichtband von Juri Andruchowytsch, 1991 erschienen.

47 *»die Rutulen schliefen ...«*
Zitat aus der *Enejida* von Iwan Kotljarewskyj (1769-1838). Ukrainischer Dichter, stand den Dekabristen nahe, gilt als Begründer der ukrainischen Schriftsprache. Sein Poem *Enejida* (»Aeneis«, 1798) gilt als das erste in der ukrainischen Volkssprache verfaßte literarische Werk.

49 *So lag voll Staub am Wege unsre Sprache ...*
Verszeilen aus dem Taras Schewtschenko gewidmeten Gedicht »Die ukrainische Sprache« von Wolodymyr Samijlenko (1864-1925).

53 *Kiewer Mohyljanka*
Kiewer Mohyla Akademie (Nationaluniversität »Kyjewo-Mohyljanska Akademija«), eine der ältesten Hochschulen in Osteuropa und die wohl einflußreichste Universität in der Ukraine.

54 *Kruty*
Schlacht bei Kruty im Februar 1917, als ukrainische Studenten zur Verteidigung der Hauptstadt Kiew in den Kampf gegen die Rote Armee geschickt wurden und tragisch ums Leben kamen.

Vater Taras
Taras Schewtschenko; *der Steinbrecher* und *der Ewige Revolutionär* – Iwan Franko (1856-1916), einer der bekanntesten ukrainischen Dichter bzw. Schriftsteller (nach zweien seiner Gedichte so genannt); *die Sängerin der Morgenröte* – Lesja Ukrajinka (1871-1913), bekannte ukrainische Schriftstellerin, Dramaturgin und Übersetzerin (nach einem ihrer Gedichte); *die erschossene Renaissance* – Bezeichnung für die Generation ukrainischer Schriftsteller der 1920er und 1930er Jahre, die Opfer der stalinistischen Repressionen wurden; *der »Kobsar«* – (Wandernder Sänger) Taras Schewtschenko (nach seinem bekanntesten Gedichtband).

56 *UNA-UNSO*
UNA (*Ukrajinska Nazionalna Asambleja*) bedeutet Ukrainische Nationalversammlung und ist eine Art Dachverband, dem hauptsächlich radikale, nationalistische Organisationen angehören. Die UNSO (*Ukrajinska Narodna Samooborona*) heißt Ukrainische Nationale Selbstverteidigung und ist der militärische Flügel dieser Partei.

Oseledez
Wörtlich: Hering. Name für die kosakische Haartracht: kahl rasierter Kopf und eine lange Haarsträhne am Scheitel.

60 *Prospekt Swobody*
Boulevard (der Freiheit) im Zentrum von Lemberg, auf dem sich die Oper, ein Denkmal von Taras Schewtschenko und des polnischen Dichters Adam Mickiewicz und die besagte Weiße Mutter befinden.

65 *Hyazinthenhaus*
Anspielung auf das »Hycinth House« aus dem gleichnamigen Song der »Doors«.

67 *Bojkenweiber*
Die Bojken sind (wie die Huzulen und die Lemken) ein alter ruthenischer Volksstamm und im westlichen Teil der ukrainischen Karpaten bis hin zur polnischen Grenze beheimatet.

80 *Komu vnys*
Wörtlich: Wer will hinunter – ukrainische Gothic Band.
http://komuvnyz.gothic.com.ua/

133 *Tschornowil*
Wjatscheslaw Tschornowil (1937-1999), ukrainischer Politiker, Publizist und Journalist, der gegen die Russifizierung der Ukraine und gegen die Diskriminierung der ukrainischen Nation kämpfte. Seit 1990 war er Abgeordneter im ukrainischen Parlament und Vorsitzender der »Ukrainischen Nationalbewegung« (*Nazionalnyj Ruch Ukrajiny*). 1991 kandidierte er bei der ersten Präsidentschaftswahl der unabhängigen Ukraine und erlangte hinter Leonid Krawtschuk den zweiten Platz. Tschornowil starb 1999 bei einem Autounfall, die genauen Umstände seines Todes sind bis heute ungeklärt.

136 *»Zita und Gita«*
Prototyp des indischen Films. *»Hong Gil Dong«* Koreanischer Actionfilm.

141 für Unseren Vater Taras Hryhorowytsch
Gemeint ist Taras Hryhorowytsch Schewtschenko.

176 *Africe Simone*
Showtalent und Happy-Popmusik-Sänger aus Mosambik, der sich in den osteuropäischen Ländern großer Popularität erfreut.

188 *Pole Tschudes*
Russ. »Feld des Wunders«. Pendant zur amerikanischen TV-Show »Wheel of Fortune« oder zum »Glücksrad« in Deutschland.

189 *Gogol-Mogol*
Dessert, ähnlich dem Zabaglione.

Osteuropäische Literatur in der edition suhrkamp Eine Auswahl

Juri Andruchowytsch. Das letzte Territorium. Essays. Aus dem Ukrainischen von Alois Woldan. Nachwort übersetzt von Sofia Onufriv. es 2446. 192 Seiten

Juri Andruchowytsch/Andrzej Stasiuk. Mein Europa. Aus dem Ukrainischen von Martin Pollak und Sofia Onufriv. es 2370. 160 Seiten

Zsófia Balla. Schönes, trauriges Land. Gedichte. Ausgewählt und aus dem Ungarischen von Hans-Henning Paetzke. es 2085. 106 Seiten

Bora Ćosić. Die Zollerklärung. Aus dem Serbischen von Katharina Wolf-Grießhaber. es 2213. 153 Seiten

László Darvasi
- Eine Frau besorgen. Kriegsgeschichten. Aus dem Ungarischen von Heinrich Eisterer, Terézia Mora und Agnes Relle. es 2448. 184 Seiten
- Herr Stern. Novellen. Aus dem Ungarischen von Heinrich Eisterer. es 2476. 227 Seiten

Karl Dedecius. Poetik der Polen. Frankfurter Vorlesungen. es 1690. 135 Seiten

Ljubko Deresch
- Die Anbetung der Eidechse oder Wie man Engel vernichtet. Aus dem Ukrainischen von Maria Weissenböck. es 2480. 200 Seiten

NF 349/1/09.06

- Kult. Roman. Aus dem Ukrainischen von Juri Durkot und Sabine Stöhr. es 2449. 259 Seiten

Mircea Dinescu. Exil im Pfefferkorn. Gedichte. Ausgewählt, aus dem Rumänischen übersetzt und mit einem Nachwort versehen von Werner Söllner. es 1589. 115 Seiten

István Eörsi. Der rätselhafte Charme der Freiheit. Versuche über das Neinsagen. Aus dem Ungarischen von Anna Gara-Bak, Péter Máté, Gregor Mayer, Angela Plöger und Hans Skirecki. es 2271. 198 Seiten

Bohumil Hrabal. Die Bafler. Erzählungen. Ausgewählt und aus dem Tschechischen von Franz Peter Künzel. es 180. 128 Seiten

Oleg Jurjew. Spaziergänge unter dem Hohlmond. Kleiner kaleidoskopischer Roman. Aus dem Russischen von Birgit Veit. es 2240. 134 Seiten

Imre Kertész
- »Heureka!« Rede zum Nobelpreis für Literatur 2002. Aus dem Ungarischen von Kristin Schwamm. Bearbeitung Ingrid Krüger. es-Sonderdruck. 32 Seiten
- Schritt für Schritt. Drehbuch zum »Roman eines Schicksallosen«. Aus dem Ungarischen von Erich Berger. es 2292. 184 Seiten

Hanna Krall. Schneller als der liebe Gott. Mit einem Vorwort von Willy Brandt. Aus dem Polnischen von Klaus Staemmler. es 1023. 152 Seiten

Ryszard Krynicki. Wunde der Wahrheit. Gedichte. Herausgegeben, aus dem Polnischen übertragen und mit einem Nachwort versehen von Karl Dedecius. es 1664. 136 Seiten

NF 349/2/09.06

Endre Kukorelly. Die Rede und die Regel. Erzählungen. Aus dem Ungarischen von Hans Skirecki. es 2128. 173 Seiten.
Stanisław Lem. Dialoge. Aus dem Polnischen von Jens Reuter. Mit einem Nachwort des Autors. es 1013. 319 Seiten

Ilma Rakusa
- Love after Love. Acht Abgesänge. es 2251. 58 Seiten
- Von Ketzern und Klassikern. Streifzüge durch die russische Literatur. es 2325. 236 Seiten

Mykola Rjabtschuk. Die reale und die imaginierte Ukraine. Mit einem Nachwort versehen von Wilfried Jilge. Aus dem Ukrainischen von Juri Durkot. es 2418. 175 Seiten

Michail Ryklin. Mit dem Recht des Stärkeren. Die russische Kultur in Zeiten der gelenkten Demokratie. Aus demRussischen von Gabriele Leupold. es 2472. 239 Seiten

Werner Söllner. Kopfland, Passagen. es 1504. 121 Seiten

Andrzej Stasiuk
- Die Mauern von Hebron. Aus dem Polnischen von Olaf Kühl. es 2302. 160 Seiten
- Über den Fluß. Erzählungen. Aus dem Polnischen von Renate Schmidgall. es 2390. 189 Seiten.
- Wie ich Schriftsteller wurde. Versuch einer intellektuellen Autobiographie. Aus dem Polnischen von Olaf Kühl. es 2236. 144 Seiten

Dubravka Ugrešić
- Die Kultur der Lüge. Aus dem Serbokroatischen von Barbara Antkowiak. es 1963. 303 Seiten
- My American Fictionary. Aus dem Serbokroatischen von Barbara Antkowiak. es 1895. 224 Seiten

NF 349/3/09.06